天国へのドレス

早月葬儀社被服部の奇跡

来栖千依

PHP
文芸文庫

○本表紙デザイン＋ロゴ＝川上成夫

天国へのドレス

目次

第一話

ようこそ弔井町早月葬儀社へ

見下ろす大海原は凪《な》いでいた。

水平線から顔を出した朝日は清らかな光を放ち、海面の煌《きら》めきはまるで金襴《きんらん》のよう。岩肌にぶつかる波音は鈴の音にも似ている。

美しい光景に飲み込まれながら、糸花《いとか》は一人で崖の上に立ち尽くしていた。

後ろには、崖に沿って曲がりくねった車道がある。

早朝のためか通る車は一台もなく、錆《さ》びたガードレールの外側という危険地帯にいる糸花を見咎《みとが》める者はいない。

東北の田舎町とはいえ、通学や通勤の時間帯になれば誰かしら通るだろう。

通報される前に、飛び降りてしまわなくてはならない。

早く、早く……。

はやる心とは対照的に、糸花の足は動かなかった。

崖の縁《ふち》までの距離はあと一歩しかない。

その一歩を越えてしまえば、もう海だ。

目測でたった三十センチの距離。

それなのに、糸花はもう一歩が踏み出せなかった。

「私、どうしてこうなっちゃったんだろ……」

生きるか死ぬかの瀬戸際に立っている彼女は、フルネームを朝川《あさかわ》糸花という。

年齢は二十二才、O型の関東生まれ。顔つきは平凡で、髪型はショートボブ。背丈は高くも低くもない。勉強はそこそこできて、誕生日にプレゼントを贈り合う仲の友達もそれなりにいた。

通知表を書くならオールBだ。一般的なレールの上の人生は、順風満帆《じゅんぷうまんぱん》で一片《いっぺん》の不満もない、はずだった——。

道を踏み外したとはっきり思い出せるのは、大学受験を勝ち抜いて、志望校に進学し、一人きりのアパート暮らしにも慣れた秋の日。

学園祭の一環として行われた、クロストーク形式の公開討論会でのことだった。著名なゲストを複数招《まね》いて、学生が気になるテーマについて話してもらう出し物で、人気声優やモデル、テレビ出演を多数しているIT系企業の社長などが登壇した。

討論のテーマは、個性を生かした職業につく方法。

やりたい仕事も将来の夢もなく、ただ周りがそうしているからという理由で進学してきた大多数の学生にとって、自分にしかできない仕事についた成功者は、憧れの的なのだ。

実行委員の一人だった糸花は、控え室でゲストをもてなしていた。

高級ブランドのロゴマークがあしらわれた服を着て、化粧品や香水の匂いを漂《ただよ》わせる彼らを前にすると、安物のTシャツとジーンズを身に着けた自分は、遊ぶ前の塗り絵みたいに色がなかった。

空虚な気分になりながら、紙コップにペットボトルのお茶を注ぐ。

ぬるくなった液体からは安っぽい匂いがした。

ゲストの口には合わないだろうなと思っていると、クイッと服を引っぱられた。

「裾、解《ほど》けているよ」

声をかけてきたのは、世界的に活躍するファッションデザイナーの男性だった。

立ち上げたブランドが、年二回開かれるパリコレクションに出展しているという華々しい経歴の持ち主で、茶色く染めた髪やシャツの衿元《えりもと》に引っかけたサングラスが四十代という年齢より若々しい。

指さされた先を見下ろすと、Tシャツの裾から白い糸が垂《た》れ下がっていた。

服に興味がなかった糸花は、ボタンが取れかかったり縫い糸がほつれたりしても直さずに着ていた。縫い針なんて、中学生の頃に授業で使ったきり触れていない。

普段ならしれっと見なかった振りをする。けれど、専門家に指摘された今回はさすがに恥ずかしくて、顔が赤くなってしまった。

「ははは。いいよ、直してあげる」

デザイナーは、マネージャーに持たせていた裁縫セットを開いて、手早くほつれを直してくれた。

その手際は鮮やかで、繊細で、魔法のようだ。

新品のように縫い直された服のお礼を伝えると、デザイナーはこう言った。

「若いんだし、お洒落《しゃれ》を楽しんでみたら。君なら、もっと可愛くなるよ」

たった一言。大人の男性からもたらされた言葉に、糸花の頭はクラッとした。

芸能人みたいに顔が整っているわけでも、ファッション系の勉強をしているわけでもない自分を、世界で活躍している人物が気にかけてくれた。

こんなことが、本当にあるなんて。

「あのっ！」

気づけば糸花は、デザイナーの腕をきゅっと掴《つか》んでいた。

「私に似合うのって、どういう服なのか、教えてください！」

デザイナーとアドレス交換をした糸花は、翌週には彼のアトリエに行き、彼が選んだドレスに身を包んでいた。

「きれい……。私に、こんな服が似合うだなんて……」

ファッションショーのために作られた一点物のドレスは、薔薇《ばら》模様が浮き織りになった漆黒《しっこく》の生地に、白いリボンが波のように縫い付けられている。

甘い装飾を、洗練されたシルエットが引き立てる、気品あるものだった。

「君は、腰の位置が高いから、ジャストウエストで切り替えのあるデザインが似合う。このドレスみたいに身頃はシンプルにして、張りのある生地を使ったアンダーを合わせると、コーディネートが引き締まるよ」

人それぞれ似合う服は異なり、だから世の中には、たくさんのデザインがあるのだと、デザイナーは教えてくれた。

トレンドの服を着ていれば無難にまとまるが、それが必ずしも正解じゃないと知り、糸花は衝撃を受けた。

(私に似合う服を、私は一枚も持ってない)

食べる、眠る、遊ぶことが最優先である糸花のワードローブには、洗いざらしでも気にならないようなカジュアル服ばかりが並んでいた。

それ以外は必要ないと思っていたし、欲しいとも思わなかった。それなのに、今は身に着けたドレスが喉から手が出るほど欲しい。

食い入るように鏡を見る糸花に、デザイナーは優しい顔で笑いかけた。

「そんなに気に入ったのなら、また試着しにおいでよ」

「いいんですか?」

「お洒落に目覚めてくれた子は大歓迎だ。でも、周りには言いふらさないでね。こんなことするのは、君にだけだから」

私にだけ。魔性の響きに、糸花は陥落《かんらく》した。

一人暮らしのアパートに帰る途中、駅ビルに入っている大型書店に立ち寄った糸花は、高級ブランドが取り上げられたファッション誌を買い漁《あさ》った。

表紙を開けば、広がるのは知らない世界だ。

棒のように細い女性モデルのグラビア。モノクロのページで赤い唇だけが鮮やかな化粧品の広告。新作のバッグを手にした海外セレブの特集記事。

どれを見ても新鮮で、胸が弾んだ。

中でも心が騒いだのは、あのデザイナーが手がけたブランドのページだった。様々な人種のモデルを従えて、舞台上で脚光を浴びる彼の写真を見た瞬間、糸花の心は燃え上がった。

(私も、この世界の一員になりたい！)

自覚したら、もう止められなかった。

糸花は、親の反対を押し切って大学を中退し、服飾の専門学校に入り直して洋裁を学んだ。

ファッションというのは不思議な分野で、学べば学ぶほど好きになる奥深さがあった。

服飾史の授業では、文化の成熟度や時代の価値観に合わせて変遷《へんせん》をとげる様に圧倒され、実技では、まっさらな布が洋服へと変貌《へんぼう》していく様に感動を覚えた。

Tシャツ一つとっても裁断や縫製によって雰囲気が変わり、カジュアルにも、クラシカルにも、ロックにもなる。

学んでいくにつれ、実用的なアイテムばかりだった糸花のワードローブには、自分で製作した、華やかで、装飾的で、色とりどりな洋服が並ぶようになっていった。

専門学校を卒業した糸花は、憧れのデザイナーのブランドに就職した。最終面接で、デザイナー本人による後押しがあったのが大きかった。

このとき、糸花は二十一才。

デザイナーは、自分を追ってファッション業界に入った糸花を気に入り、食事に誘ったり、プレゼントを贈ったりしてきた。五回目のデートで二人は恋人になった。

知識が豊富で、人脈も広い大人の男性に特別扱いされて、のぼせ上がっていたある日、彼は突然結婚した。

相手は、ブランドの取締役だった。二人は、会社の立ち上げ時から付き合っていたらしい。糸花との関係は火遊びだったのだ。

問い詰めた糸花を突き飛ばして、元恋人は言った。

「本気で相手にされていると思ってたのか。お前の魅力なんか若さだけだ」

「はあ⁉　じゃあ、今までデザインを褒《ほ》めてくれたのは何だったわけ！」

「お前が可哀想で、目に付いたところを挙げてやったんだ。どこかにある服を真似るばかりで、ろくにアイデアも出せないデザイナーに価値はない。才能のないお前の服を、うちの商品になんか使えるか！」

胸が、一瞬で引き裂かれた。

自由な発想でデザインするのが不得意だという自覚はあった。

糸花が立てる企画は、ブランドの過去作や他国の民族衣装、歴史的な装飾などを参考に、現代的にアレンジしたもの。

それでも、元恋人は才能があると褒めてくれていたが、あれは自分の思い通りに動かすための嘘だったのだ。

恋情が散り散りになっていくのに合わせて、糸花の中にあったファッションへの情熱も急激に冷めていった。

あんなに好きだったのに、おかしなものだ。

「もういい。辞めてやる、こんなところ！」

勢いで辞表を出した糸花は、借りていた六畳のワンルームに戻ると、ワードローブにかけていた服をトランクに放り込んでアパートを出た。

どこでもいいから、どこかに行きたかった。

駅の案内板を見ていたら、ふと小学二年生のときの家族旅行を思い出した。

夏休みを使って、祖母の故郷《ふるさと》である東北の港町に滞在したのだ。

そこにいる間は、地元の子どもとラジオ体操をしたり、白い漁船に乗せてもらったり、新鮮な魚や貝を食べたりと、毎日楽しかった。

あそこに行けば、生きているだけで幸せだったあの頃に、ろくでもない恋に溺れる前のダサくても清らかな自分に、ほんの少しでも戻れるかもしれない。

糸花は、ICカードで改札をくぐり、鈍行を乗り継いだ。

目当ての町に辿り着いたので、駅で拾ったタクシーに乗って、景勝地《けいしょうち》だという崖で降りる。車を見送った糸花は、急に眩しくなった海へと視線を向けた。

白んだ空を背負《せお》って朝日が昇る。

様々なしがらみから逃れて向き合う自然は、途方もなく大きかった。

それに比べて、自分はなんてちっぽけなんだろう。

糸花は誰かの特別にはなれなかった。

裏切られて、結果的に、糸花の手には何も残らなかった。

なにもかも全部、あの浮気男のせいだ。

こんなめちゃくちゃな人生、もういらない。

やけになった糸花は、その場にトランクを置いてガードレールをまたいだ。海に落ちるか否かという崖のギリギリに立って、おもむろに小石を蹴落とす。

「私、どうしてこうなっちゃったんだろ……」

絶望して下を向いた拍子に、自分の服装が目に留まった。

「こんな格好だったんだ」

会社を出てから着の身着のままだったシャツとデニムは、悪目立ちしない格好ではあるけれど胸が躍《おど》らない。ようは地味なのだ。

「最期《さいご》なんだから、綺麗な服を着て死にたい……」

糸花は道路の方に戻って、ガードレールの下からトランクを引っぱり出した。留め金をパチンと跳ね上げると、無理やり詰め込んでいた衣類が飛び出す。

青くて光沢《こうたく》があるのは、専門学校に入って最初に作ったスカート。

野の花のような黄色は、アコーディオンみたいな袖が技巧的なブラウス。

一際目立つ赤いまとまりは、社内コンペに出すために製作したロングワンピースだ。元恋人が好きだった大きめの花柄で作った。

糸花は、少しだけ悩んで赤いワンピースを選んだ。

本当は、あの黒いドレスを着たかったけれど、取り寄せるのは無理だし、似たドレスを作れるような場所も時間もない。

侘《わび》しい気持ちで、シャツのボタンに指をかける。

上から順ぐりに外していくごとに憤《いきどお》りが膨らんで、たまらず大海原に叫ぶ。

「ちくしょーーーーっ！　あの浮気男、末代まで呪ってやるー！」

山に叫んでいるのでもあるまいし、返事はないはずだったのだが――。

「そこで何をしている」

思いも寄らない声が、しかも後方から響いて、糸花は勢いよく振り返った。

いつの間に止まったのか、車道には黒く光る外車があり、運転席から降りた青年がこちらを見ていた。

目が覚めるような美形だ。黒一色のスーツとネクタイ、長身という威圧感のフルコースに、糸花は尻込《しりご》みしてしまう。

「な、何でしょう……」

「こっちに来い」

伸ばされた青年の手を避けるように、糸花はのけぞった。

青年は、自分が飛び降りるのを止めようとしているのだ。だが従えない。

こっちには、死ぬだけの理由がある。

「助けようとしても無駄ですから！　ここから飛び降りて、あの男に、私を弄《もてあそ》んだことを後悔させてやるんだ！」

強気に言い返すが、青年は少しも聞こえていないような顔で、糸花の手から赤いワンピースを引き抜いた。

「いい色だ。柄はハイビスカス。これも適している……」

「はぁ？」

唐突に批評されて、糸花は呆《あき》れた声を漏らした。

今まさに飛び降りようとしている人間より、手に持った服に興味を引かれるなんて。事情も知らずに引き留めるより、よほど冷酷だ。

むかっ腹が立った糸花は、彼の手からワンピースを取り返した。

「これは、これから私の死装束《しにしょうぞく》になるの。あんたにはあげられな――」

そのとき、強い海風が吹いた。

「わっ！」

体を反《そ》らせていた糸花は、煽《あお》られてバランスを崩した。

空を仰ぐように体が傾《かし》ぐ。倒れる先はもう海だ。

死の予感に、糸花の全身が怖気《おぞけ》立《だ》つ。

踏み止まらなければならないのに、指先さえ動かせない。

「ちっ」

舌打ちした青年は、ガードレールを飛び越えて糸花の手を強く引いた。

糸花は、勢い余って青年の胸に真正面から顔をぶつける。

「ぶっ！」

「もういい。お前ごと持って行く」

青年は、糸花を抱き上げて車の中に放り込んだ。倒れた糸花の上には、トランクと散らばっていた衣服が、次々に投げ込まれる。

「急に何すんのよ！」

服をかき分けて抗議したが、青年は眉も動かさずに運転席へ乗り込んだ。

「車外に放り出されたくなければ大人しくしていろ。シャツのボタンもはめろ。いい大人が白昼堂々、屋外で着替えるな」

「よっ、よくも見たな……」

赤くなった糸花は、青年に言われてシートベルトを締める。それを確認して、青年は車を発進させた。

ハンドルを握る横顔は整っている。高い鼻や前を見る切れ長の瞳、さらりと頰に流れた黒髪に、糸花の目がくぎ付けになった。

美形というのは得だ。

だって、文句を言う気を根こそぎ奪ってしまうのだから。

ボタンをはめながら視線を外すと、後部座席との間を仕切るレースカーテンが目に付いた。何気なく向こうを覗いた糸花は首を傾げる。

「席がない？」

後部座席があるべき場所はぽっかりと空いていた。代わりに金属のレールが敷いてあり、荷物を固定するストッパーが付いている。側面には補助席も一つある。

「なにこの車……」

「黙っていろ」

ギロリと横目で睨《にら》まれて、糸花は首をすくめた。

美形は得だ。だって、怒るとすごく怖い。

無言の車中に耐えること、二十分。辿り着いたのは大きな建物だった。ベージュ色のゴツゴツした外壁と角張った形が木綿豆腐のようだ。

建物の正面玄関の上には、看板が掲げられている。

「とむらい町セレモニー会館……」

玄関前で車を止めた青年は、赤いワンピースを手に降りると、会館に入った。糸花も降りて、トランクを抱きかかえた格好で彼の後を追う。

木を多用した内装のロビーにはベンチが五つも置いてあり、開けっぱなしのホールの入り口からは、黄色や白や紫色の花ばかり使ったフラワースタンドが見えた。

歩調を緩めた糸花は、奥に設えられた白木造りの祭壇にぎょっとする。

「セレモニーって、ひょっとしてお葬式のこと？　どうしてこんな場所に連れてこられなくちゃならないの。あんた、一体なんなのよ！」

糸花が叫ぶと、青年は音もなく振り返った。

頬にかかった髪が、枝垂《しだ》れた柳のように揺れて、背筋がゾクリとする。

目の前にいる美しい男が、あたかも死神のように見えたのだ。

「俺は早月霜《さつきそう》。ただの葬儀屋だ」

「葬儀屋、さん？」

混乱する糸花を置き去りにして、霜は歩き出した。

「こ、こんなところに置いてかないでよ！」

よろよろと付いていくと、ロビーを過ぎた先には小部屋が三つあった。

左端の部屋に『須賀《すが》家』という札が貼られている。

部屋の玄関にあたる式台で革靴を脱いだ霜は、床に膝をついて中に一言かけ、両手で襖《ふすま》を開けた。

「お待たせしました」

二十畳ほどの座敷には、まだ就学前の子どもや、その親だと思われる女性、高齢の男性らが悲痛な面持ちで座っていた。

奥には布団が敷かれていて、横たわった誰かの顔に白い布がかけられている。手前の小さな卓では巨大な蠟燭《ろうそく》が灯り、近くには水を汲《く》んだ桶、たらいが置いてある。

漂う線香の匂いに気圧《けお》されて、糸花は立ちすくんだ。

「なにこれ……」

「静かに」

霜は、冷ややかな視線で糸花を黙らせると、座敷へと入って膝を折った。

「早朝に失礼致します。故人様のご衣装を用意して参りました」

まるで晴れの日のドレスを披露するように、ふわりとワンピースを広げる。

鮮やかな赤色に、部屋にいた人々の視線が集まった。

「ハイビスカス柄で衿ぐりが広いデザインは、フラダンスがお好きだった幸子《さちこ》様に最適かと思います。喪主の利恵《りえ》様、いかがでしょう？」

「ええ、ええ。希望通りだわ！」

子どもを抱きかかえた中年女性――利恵は、まなじりに涙を浮かべて頷く。

「母さん、元気が出るからってよく赤い服を着ていたのよ。これさえ着ていれば病院いらずだって言ってて。私達はフラダンス風の衣装がいいって伝えただけなのに、色まで考えて手配してくれたのね。霜君、ありがとう」

「恐縮です。それでは納棺の儀で、このご衣装にお召し替えさせていただきます。お時間までご自由にお過ごしください」

ワンピースを素早く畳んだ霜は、固まっていた糸花を引きずるようにしてロビーへ向かい、ベンチに座らせた。

「いきなりで混乱させたな」

名刺を渡された糸花は、黒く印刷された文字を読み上げる。

「早月葬儀社、代表取締役。フューネラルディレクター兼、エンバーマー兼、納棺師……？」

どれも糸花には馴染みのない肩書きだった。

葬儀社に勤めている友人なんていないし、葬式に出た経験もほとんどないので、どんな仕事をしているのか想像もつかない。

「ようは、葬式をつつがなく進める仕事だ」

霜は、名刺ケースをしまいながら、糸花をここに連れてきたわけを説明する。

「先ほどのご遺族は、故人様にフラダンス衣装を着せてのお見送りを希望された。だが、習っておられたのは二十年も前で衣装は残っていなかった。俺の手元にそういった服はない。通販を利用しようにも火葬の日取りは本日だ。貸衣装屋にも行ってみたが社交ダンス用のドレスしかなかった。どうするべきか悩みつつ、帰る車を走らせていたら、崖に立つお前を見つけた」

　腕にかけたワンピースに、霜は恋人に向けるような視線を注いだ。

「これはサイズが申し分なく、色も柄もボリュームも理想通りだ。火葬に向かう故人様の、最期のご衣装にしたい。言い値で買い上げる」

「言い値だろうと嫌だよ！」

　思ったより大きな声が、糸花の喉の奥から出た。

「だって、死んでいる人に着せるんでしょ。それは私が心を込めて作ったワンピースなの。亡くなった人には悪いけど、もう意識がないんだったら、着せる物なんて何でもいいじゃない！」

「お前が作ったのか……」

　霜は、驚いた風に瞬《まばた》きして、眉間に深い皺《しわ》を寄せた。

「何でもいいと思うなら、お前はどうして崖の上で着替えていた？　その格好のまま飛び降りたって良かったはずだろう」

「それは、最期くらい綺麗な格好をしたかったから！　あ……」

　口走った糸花は、はっとした。

　海に飛び降りたら、きっと死体は見つからないだろうと思っていた。

　誰に見せるでもないのに着替えたかったのは、尊厳という人間が失ってはならない部分で、美しくあろうとしたからだ。

「死んでしまった人も、私と同じ気持ちでいたかもしれないってこと？」

「そうだ。故人様は長く入院しておられた。いつも入院着で過ごしていたから、最期くらい好きな服を着せてあげたいというのが、ご遺族の要望だ。お前が言う通り、医学的には死亡している。意識はもうない。そんなことはご遺族だって理解している。だが理屈ではないんだ」

理屈ではなく心に動かされた経験は、糸花にだってある。

だけど。だけど、だ。

何だか、葬儀と聞いただけで怖い。

糸花の両親は健在だ。双方の祖父母もまだまだ元気に暮らしている。

幼い頃に、親戚の家で営まれた法要に参加したことはあったものの、物心ついてからの糸花が葬式に関わるのはこれが初めてのことである。

会館に満ちた、厳《おごそ》かでひたひたとした空気感に、体が萎縮《いしゅく》してしまう。

「どうして早月さんは、そこまで必死になれるの。希望通りの衣装は頑張ったけど用意できなかった、で、遺族は納得してくれるかもしれないのに」

「俺が、故人様にお着せしたいと思ったんだ。崖沿いの道を運転しているとき、お前の腕にあった赤いワンピースを見て胸が騒いだ。朝焼けに映える赤と、潮風に吹かれるフォルムが目に焼き付いて、猛烈にこれでなくてはならないと感じた」

話す霜の瞳は、宝物を見つけた少年のように輝いている。

崖の上に糸花を見つけた瞬間も、こんな顔をしていたのだろうか。

「これで見送れたなら、ご遺族の悲しみがどれほどか浮かばれるだろうと思った。気づいたら車を降りて、お前を止めていた」

「私の服に、そんなに感動してくれたの……」

糸花の胸は、じんわりと熱くなった。

霜は、糸花の作った服に魅了されてくれたのだ。

こんな才能の欠片《かけら》もない人間が作った、ただのワンピースに。

「でも、この服にそんな価値はないよ。私、新米デザイナーとして働いていたブランドで、お前には才能がないって、こんなもの商品にはならないって、罵倒《ばとう》されたの」

「俺にとっては価値がある。こんな気持ちになったのは、お前の服が初めてだ。頼む、俺に譲ってくれ」

霜は、きっかり九十度に腰を曲げた。

座る糸花から、左巻きのつむじが見えるくらいに頭が低い。

こんなに綺麗で、しかも偉そうな男性が低頭してでも叶えたいのが、故人にフラダンス風の衣装を着せることなのだ。

(私は、こんな風に、仕事に一生懸命になれなかった)

ファッションの分野に進んだのは、デザイナーへの恋心からだ。服作りに夢中になっていられたのは、彼におだてられて良い気分になれたからだ。

誰かのためでも、ましてや確固たる信念があったからでもなかった。

だから、霜がちょっとうらやましい。

彼が選んだ服を着て旅立てる、誰かも。

興味が湧いて、糸花は「故人様って、なんていう人なの?」と尋ねた。

「須賀幸子様という方だ。ご生前は明るく朗らかで、笑顔の素敵な方だった」

「そう……。ワンピース、使っていいよ。それで早月さんが、気持ちよく亡くなった人を送り出せるんなら」

霜は、何度も礼を言って儀式の支度に向かった。

糸花は、納棺の儀には立ち会わなかったが、赤いワンピースに着替えて棺に入れられた故人を、覗き窓から特別に見せてもらった。

敷き詰められた花々の中で目を閉じたおばあさんは、まるで眠っているようだった。口元がほんのり微笑《ほほえ》んでいて、今にも目を開けて笑い出しそう。

「幸子さん。あの世で、フラダンスをたくさん踊ってくださいね」

糸花は、小さな声で呼びかけた。

彼女に意識がないのは承知の上だった。


東北地方の海沿いにある弔井《とむらい》町では、火葬を先にしてからお骨を囲んで葬儀を執り行う骨葬《こつそう》の風習が今も残っている。

町営の火葬場は、会館から車で三十分ほど離れた山間にあり、故人はそこで焼かれる運びになっていた。

火葬場への出発式にあたる出棺の儀を終えてロビーに戻ってきた霜は、事務室に寄って封筒を持ってきた。

トランクを抱えてベンチに座っていた糸花は、差し出された封筒を受け取って、その厚さに顔をしかめる。

「何、これ？」

「お前から譲り受けた衣装代だ。足りないなら、もっと出す」

「その逆。これじゃあ多すぎるよ！」

ワンピースは、プリントブロードと呼ばれる比較的安価な布で作った。使った布量は多いが、材料費は一万円もかかっていない。

「お金はいらない。もっと良いものをもらったから」

葬儀について、何も知らないときは怖かった。けれど、自分が作ったワンピースが役に立った今は、なんとも言えない誇らしさが糸花の胸を満たしている。

生きているからこそ得られる経験値とでも呼ぼうか。

糸花は、崖で死ぬかどうか迷っていた少し前の自分を笑えるくらいには、前向きになっていた。

赤いワンピースを喜んでくれた遺族にも、着てくれたおばあさんにも、そして無理やり拉致してここまで連れてきた霜にも感謝だ。

「早月さんが色々してくれたおかげで、死ぬ気が失せちゃった。もう一回、生きてみようって思えたんだ。だから、それでチャラでいいよ」

「生きるなら、なおさら金は必要だろう」

霜は、封筒を開けて中から抜いたお札を数枚、糸花の手に握らせた。

「お前には東北の訛《なま》りがないな。どこから来たのか知らないが、帰り賃は必要だろう。財布に入れておけ」

「お会計はスマホの電子決済で済ましちゃうから、財布は持って歩かないの。それに、帰っても居場所が無いんだよね。仕事は辞めてきちゃったし……」

生きると決めたところで、辞表を叩きつけて出てきた糸花には職がない。

今さら後悔しても遅いけれど、こうと決めたら一直線な性格は、糸花の長所であり短所でもあった。

「失恋のショックで何もかも投げ出すんじゃなかった。海外にも展開してる高級ブランドのアトリエ勤務だったんだから、三年くらい勤めたら転職もできたのに。二十二才で別業種へ転職って可能なのかな」

頭を抱える糸花に、霜は思いも寄らない提案をした。

「それならうちで面倒を見てやってもいい。好きなだけ服を作れるぞ」

「えっ？」

糸花は驚いた。聞き間違いかと思って問い返してみる。

「葬儀屋さんに、そういう仕事があるの？」

ファッション業界というのは動の世界だ。人々の好みを把握した上で時代の流れを予想し、潮流を生み出すように商品を作る。

一方、葬祭業は古くからの伝統を守っていく、静の世界だと思う。

「方向的に、真逆を向いている業種に思えるんだけど……」

「時代は変わった。伝統より多様性が尊重される現在では、故人様を自由な衣装で送りたいというご遺族が増えている。俺一人では衣装の調達に手間取るから、製作できる専門要員を雇いたいと、ずっと思っていた」

霜は、お姫様をダンスに誘う王子様みたいに手を差し出す。

「早月葬儀社で、フューネラルデザイナーとして働いてみないか？　ご遺族の感情と故人様の人生を思いやり、人生の最期に身に着ける衣装をご用意する、責任ある仕事だ」

「人生の最期に身に着ける衣装……」

そんな仕事は、見たことも聞いたこともない。

未知の世界だ。

知らない場所に飛び込むのは怖い。けれど、糸花の胸は、あの黒いドレスを着て、鏡の前に立ったときのように高鳴っていた。

この気持ちを無視して、これから長い人生を生きていくなんて無理だ。

「私、やってみたい！」

糸花は、立ち上がって霜の手を取った。

崖の上では踏み出せなかった足が、たった一歩だけど前に進んだ。

「よろしくお願いします、早月さん。私は糸花。朝川糸花です」

「霜でいい。よろしく糸花」

握手した手の平に硬い感触がある。指でつまむと、それは車のキーだった。

「これは？」

「社用車の鍵だ。裏の駐車場に移動させてある。エンジンは寒さに弱いから、先にかけて暖めておけ。さっき乗ったから車種は覚えているだろう」

「あの後部座席が変な車ね」

黒い外車を思い浮かべる糸花を、霜は不満そうに一瞥《いちべつ》した。

「どこが変なんだ。一般的な霊柩車《れいきゅうしゃ》は、全てああいった内装だぞ」

「れい、きゅう、しゃ……？」

自分が何に乗せられていたのか知った糸花は、一拍おいて「ぎゃー」と悲鳴を上げたのだった。

第二話

——

眠り姫は語らない

霊柩車《れいきゅうしゃ》に恐る恐る乗り込んだ糸花《いとか》は、運転する霜《そう》に、会館から十五分ほどの距離にある三階建てのビルの前で降ろされた。

レンガ造りのビルは、昨日完成したばかりのように真新しい。

隣接する駐車場に車を止めた霜は、一階の自動ドアをくぐった。

「ただいま戻りました」

「おっかえりー。霜ちゃんがご葬儀中に一時帰宅なんて珍しー……」

迎えたのは、チェック柄のベストにタイトスカートという、事務員風の制服を着た美女だった。ゆるくウェーブがかったブロンドカラーの髪が、服装に比べてずいぶん派手だ。

休憩中なのか、応接ソファに寝そべって三十代向けのファッション雑誌を開いていた彼女は、糸花を見て固まった。

「お持ち、帰り……」

美女はソファからゆらりと立ち上がると、両手を頬に当てて絶叫した。

「イヤーッ！　生きてる人間には興味ないとばかりに、言い寄ってくる老若男女を袖にしてきた霜ちゃんが、こんな平凡な子に引っかかるなんてー！　分かった、あなた幽霊でしょう？　ご葬儀の雰囲気に呼ばれて憑《つ》いてきちゃったのよね？　ねえ、そうだって言ってよ、お嬢さんー‼」

美女がホラー映画のゾンビよろしく髪を振り乱して抱きついてきたから、糸花はている。

「ひえっ」と悲鳴を上げた。

霜はというと、我関せずといった顔つきで、脱いだジャケットをハンガーにかけている。

「そいつは生きていますよ、響子《きょうこ》さん。今日の朝方に崖で拾ったんです」

「拾った……そのこころは？」

「うちの新入りです。煮るなり焼くなりお好きにどうぞ」

「ちょっと霜さん！　縁起でもないこと言わないでよ――む？」

糸花の頬がむぎゅっと潰れた。

頬を両手で挟んだ響子は、目を据わらせてボソボソと呟く。

「身長、百六十センチ未満。体型は標準、足は筋肉質で健康的。大きめの瞳はダークブラウンだけど、カラコンは不使用。見たところタトゥーはなしで、声も大きくて潑剌《はつらつ》としてる――」

糸花の身体的特徴を一つ一つ洗い出していき、最後にグッと親指を立てた。

「入社チェック合格！　あなた元気の塊ね。まさにうちが求めていた人材だわー」

「あの、私は、葬儀屋さんを、やるわけじゃ、ないんですけど」

もみくちゃにされながら主張してみたけれど、響子はまったく聞く耳を持たない。

どうしたものかと戸惑っていると、ドリップ式のコーヒーを淹《い》れる霜が助け船を出してくれた。

「響子さん、そいつに一般業務はやらせませんよ」

「えぇー。なんでよ？」

不満そうな響子の前に、霜はコーヒーを淹れたカップを置いた。

「被服部門での採用だからです」

「被服部門って、オーダー死装束のことよね。また始めるの？」

「また？　前も、そういった部署があったんですか」

糸花にソファを勧めた霜は、もう一個のカップもテーブルに置いた。

「早月《さつき》葬儀社では、終活ブームに合わせて、自由な死装束で故人を見送るオーダーサービスを行っていた。弔井《とむらい》町の住民に好評だったが、先代が亡くなって中断していたんだ」

「先代って？」

「俺の親だ。糸花、一服したら奥のエレベーターで二階に来い」

さらっと告げて、霜は事務所の奥にある扉に消えていった。

響子はソファに戻って足を組むと、霜が淹れていったコーヒーに口を付ける。

「オーダー死装束ねー。たしかに、前々から復活させたいとは言っていたけど、本当に連れてきちゃうとは。あなた、お名前は何てゆーの？」

「朝川《あさかわ》糸花といいます。以前は、アパレルデザイナーとして働いていました。よろしくお願いします」

「よろしく糸花ちゃん。あたしは笹木《ささき》響子っていうの。響子さんって呼んでねー」

そう言って、響子は下ろした髪を手で払った。

オーバル形に整えた爪には、ヌードベージュのネイルをしている。

重ための二重を生かしたメイクや骨張って細い手足がグレタ・ガルボみたいに格好よくて、糸花はドキドキしてしまった。

「あたしの親も、この葬儀社で働いていたの。今はもう定年退職して、毎日のんびり暮らしてるんだけどね。だから、社長令息の霜ちゃんとは、家族同然に育ったってわけ」

「そうなんですね。実のお姉さんかと思っていました」

「赤の他人よー。だけど、糸花ちゃんの推理は当たらずとも遠からずだわ。霜ちゃん、お姉さんがいて、あたしと同級生で親友だったの。綿飴《わたあめ》みたいなふわふわした髪の持ち主で、おっとりした性格の子でね。クールビューティーな霜ちゃんと並ぶと、圧巻のビジュアルだったわー。弔井町でも有名な美人姉弟だったのよ！」

「そっか。だから、霜さんはあんな風に堂々としているんですね」

幼い頃から注目を浴びていたので、人目を引いても動じないのだろう。目立たずにやり過ごす方法ばかり考えている糸花とは、雲泥《うんでい》の差だ。

「霜ちゃんのあれは天性のものだけどねー。うちの社員って霜ちゃんとあたしの二人しかいないの。糸花ちゃん、あなた、その意味がお分かり？」

響子は、化粧品売り場のカウンターに立つ美容部員みたいに、にんまりと目を細めた。

意味が分からない糸花は首を傾《かし》げる。

「どういうことでしょう？」

「万！　年！　人手不足なのよーっ！」

カップを置いた響子は、口元に手を添えて叫んだ。

「弔井町のご葬儀をほぼ一社でやるのに、社員が社長を含めて二人なんて無理があるに決まってるでしょー！　高い給料で求人を出して一時的に人は増えても、結局合いませんでしたって辞めていくのを、どれだけ見送ったと思ってるの‼」

「落ち着いてください、響子さん！」

響子は、なだめる糸花に見せつけるように泣き真似をした。

「被服部門だって社員よね？　少しずつでいいから葬儀社の仕事を覚えて、事務とか設営とか手伝って。後生だからー！」

「やります。やりますから、泣きやんでください！」

切羽詰まった懇願《こんがん》に、糸花はこくこくと頷いた。

そして響子が業務に戻るまで、彼女の泣き言を聞いてあげたのだった。


コーヒーを飲み干した糸花は、机とコピー機の間を通って奥の扉を開けた。

リノリウムを敷いた清潔感ある廊下が伸びていて、左手側にお手洗い、右手側に書庫がある。ここだけ見ると病院の一角のようだ。

霜が言っていたエレベーターは廊下の最奥にあった。乗り込んだ糸花は二階のボタンを押す。到着した階で降りると、目の前に玄関があった。

壁に『早月』の表札がかかっている。この階は自宅として利用しているようだ。

糸花は、そうっと玄関を開けた。

「霜さん？」

板張りの廊下に人影はない。突き当たりの磨りガラスの向こうに人影が見えたので、挨拶をして上がらせてもらった。

「おじゃまします……」

そろそろ歩いていると、脇の扉が開いた。糸花は飛び上がる。

「早かったな」

出てきたのは霜だった。

洗いざらしのシャツにチノパンをはいたラフな格好だ。シャワーを浴びていたらしく、濡れた髪から雫《しずく》が滴《したた》り落ちている。

首にかけたタオルで顔を拭《ぬぐ》う仕草が色っぽくて、糸花は目のやり場に困った。

「コーヒー、ありがとう。響子さんに挨拶してきたよ」

「あの人は世話焼きだから、分からないことや困ったことがあれば気軽に相談するといい。まずお前の仕事場を見せる。ついてこい」

霜は、靴箱に置いてあった鍵を取り上げて、踵が潰れたスポーツシューズを履いた。家を出た彼を追って、糸花もエレベーターに向かう。

「このビルは、一階が事務所、二階が俺の居住スペースになっている。三階は倉庫だ。その一室を、被服部門専用にする」

三階で降りると、長い廊下にいくつも扉が並んでいた。角部屋に案内された糸花は、広間の床を埋め尽くすように積み重なった段ボール箱に驚いた。

「前にいた会社で、通販分の在庫管理を手伝ったことがあるけど、ここまでの山は見たことないよ。これはなに？」

「経帷子《きょうかたびら》……。といっても、お前は知らなそうだな」

霜は箱を開けて、薄いビニールで包まれた白い着物を取り出した。

「これは、故人様が棺《ひつぎ》に入る前にお召し替えされる旅装束だ」

「旅って、あの世までの、ってこと？」

「ああ。日本の宗教分布は、神道と仏教がほぼ五割ずつで残りは他の宗教だが、葬儀自体は仏式で行われることが多い。仏教の考え方でいうと、仏になるためにこの世を旅立って修行するのが故人様だ。だから、火葬の前の納棺の儀で、お遍路《へんろ》さんのような格好をさせる。経帷子を着せ、脚絆《きゃはん》を付け、三途の川の渡し賃である六文《ろくもん》銭《せん》を持たせる。もっとも、燃えない物を棺に入れるのは禁止されているから、小銭は紙に描いた絵だがな」

「亡くなってから修行しなくちゃならないんだ。大変なんだね……」

「宗派によっては、すぐに仏扱いされる場合もある。一般的には、修行の旅をしつつ七日ごとに裁きを受けて、命日から数えて四十九日目に、極楽に入れるかどうかの審判が下される」

「それなら聞いたことある！　閻魔《えんま》大王に裁かれるんだよね」

糸花が幼い頃に読んだ『地獄』という絵本では、人を苦しめたり盗みを働いたりした人間が、地獄で怖ろしい目にあっていた。そうやって生前の罪を償《つぐな》うのだという。

だから、人は悪いことをしてはならないのだと、小さな頭に理解させてくれた名著だ。

「私、恥ずかしいや。お葬式について何にも知らなかった。バレンタインデーみたいに、強制じゃないけど、しなくちゃいけない行事だと思ってた」

「現代ではそれが普通だろう。ご葬儀のことを、お別れの会だと思っている人間が大半だ。だからこそ、経帷子ではなく、故人様の好きだった衣装を着せてやりたいという声が増えてきた。オーダー死装束は、そういったご遺族の要望に応えるサービスだ」

話しながら、霜は段ボールの山を脇に寄せていく。

糸花も手伝うと、窓際にある作業台への道が開けた。勉強机ほどの大きさの台の上にかけられた白い布は、不思議な形に歪《ゆが》んでいる。

「布は埃《ほこり》よけだ。取ってみろ」

糸花が布を取り去ると、年代物のミシンが現れた。

家庭用の持ち歩きできるタイプではなく、机に作り付けられた工業用だ。

「直線縫い用ミシンだ。葬儀社にあるなんて珍しいね」

「洋裁好きな人間がいた名残《なごり》だ。使えそうか？」

「確かめるから、ちょっと待ってて」

糸花は、ミシンの右上にある、はずみ車を回した。

内側の機関部を通して、針が上下に動く。

針に合わせて、布送りという刻みも前後に動いている。

この二つが連動しなければ、ミシンは美しい縫い目を作り出せない。

目で見るかぎり、動きは正常だ。

次に通電させてみて、機関部の温まり具合を手で触って確かめた。

縫い幅を調節するメモリを動かすと、金属が擦れるギギッという音はしたが、問題はなさそうだった。

「油を差して錆びた針を交換すればすぐにでも縫えそう。試し縫いの布はある？」

「資材は全てあそこに収められているはずだ」

霜はクローゼットを見ながら言う。

「まったく手を付けていないから、俺にはどれが試し縫いの布なのか分からない」

「見せてもらうね」

アコーディオンドアを開けた糸花は、中を見て興奮した。

「うわぁ、すごい！」

そこは宝箱だった。

光沢のあるサテンやタフタ、透けるオーガンジーやチュールなどの高級生地が一反巻きのまま置かれている。

作り付けのキャビネットには、太さと色合いが様々な糸、飾りボタンといった服飾資材がストックされていて、仮縫い用の安価なシーチングも大量にあった。

「これだけあったら何でも作れちゃいそうだよ」

「好きに使え。足りないものがあれば、響子さんを通して注文しろ」

「通販しろってこと？　それは嫌だ。資材の質は、写真や説明だけじゃ分からないから自分の目で選びたい。この辺に、布の卸問屋《おろしどんや》さんか手芸屋さんはないの？」

「ここは田舎だぞ。小さな商店は軒並み潰れた。手芸用品のチェーン店が入っている大型のショッピングモールは隣の市の郊外だ。仕入れに割《さ》く時間はないから、ある程度は割り切ってもらいたい。説明は以上だ。俺は仮眠を取ってくる……」

霜が部屋を出て行こうとしたので、糸花は慌てた。

「待って。まだ大事なことを聞いてない。私、ここでどんな服を作ったらいいの？」

葬儀社の被服部門も、フューネラルデザイナーも、聞いたことのない職業だ。

立派なミシンがあっても、資材の山があっても、当の糸花がどういった衣装を求められているのか理解しなければ、使い道がない。

「私には、新しいデザインを生み出す才能がないの。見様見真似で、どこかにあるデザインを参考にして、それっぽい服にすることしかできないんだけど、それでも大丈夫？」

糸花が不安になるのは、元恋人の言葉が未だに胸に突き刺さっているからだ。

——才能のないお前の服を、うちの商品になんか使えるか！

あれを真に受けるなら、糸花が作る服に商業的な価値はない。

そんな人間が、死装束という人生の最期《さいご》に身に着ける大切な衣装を、顧客に満足のいく形で提供できるだろうか。

霜の反応を見ると、口元に手をやって考え込んでいる。

「俺は、あのワンピースに原風景のような郷愁《きょうしゅう》を感じたが、あれは参考にしたスタイルを現代的に再構築してあるせいか。お前が、どこかにあるデザインでも古めかしいだけではない衣装を作れるとしたら、好都合だ」

「え？」

「お前が適任だと言ったんだ」

霜は、手近な段ボール箱に腰かけた。

「ご遺族がどういった衣装を望まれるかは、その時になってみないと分からない。

歌劇が好きだったので、宮廷風のドレスを着せたいという依頼もあるだろう。歴史愛好家だったから、戦国時代をイメージさせる格好がいいという希望もあるかもしれない。民族衣装や舞台衣装など、世界のどこかにはあるが簡単には手に入らない、ありとあらゆる服を求められる可能性がある。逆に、ファッション業界で見るような、前衛的でデザイン性の高い服を求められる場合はまずない」

服自体にこだわりがある故人は、生前に自分で死装束を準備していると霜は言う。

「業務内容だが、多種多様な衣装を作ってストックしてもらいたい。それでご遺族の希望を満たせない場合は、お召し替えの時刻に間に合うように作ってもらうが、多くの場合は、ストック衣装を着用者の状態に合わせて仕上げる、いわばプレタクチュールで対応してもらう」

プレタクチュールとは、既製服であるプレタポルテと注文服であるオートクチュールの合成語だ。

ウェディングドレスで多く用いられるセミオーダー形式で、生地やデザインが決まっている中から選び、着用者に合わせて仕立てる。もしくは、仮縫い状態まで仕立てた服を、着用者のサイズで本縫いする方法である。

「プレタクチュールというか、大がかりなお直し要員だよね。人生最期のとっておきの服がそんな扱いでいいの？　オートクチュールで対応するべきじゃない？」

　プレタポルテに対して、オートクチュールは有名だろう。パリのオートクチュール組合に加盟していて、パリコレに出展するようなブランドを表わす。

　もう一方で、高級な注文服そのものを指す言葉でもある。

　着用者に合わせて、デザインを起こし、生地を選定し、裁縫して仕立てる一連の作業により、大衆服では難しい繊細な表現が可能だ。

「私は、ストック衣装を作ったりサイズを直したりもできるけど、専門はオートクチュールだよ。技術には自信ある。これでも専門学校での成績は良かったんだからね。こっちの方が、オーダー死装束にはふさわしいよ！」

「実現不可能だな」

　頭ごなしにできないと決めつけられて、糸花はムッとした。

「なんでよ！　言っとくけど作るのは私なんだからね。めんどくさいとか、費用が嵩《かさ》むとか、そんな理由だったら、社長命令だって聞いてあげないんだから！」

「その台詞、実際のご葬儀にたずさわってから言ってみろ……」

　眠気が最高潮に達しているのか、霜の剣幕は凄《すご》かった。

　だが、クチュールについては、製作者として譲れないポイントだ。

糸花が負けじと睨《にら》み返したそのとき、いきなり戸が開け放たれた。

「霜ちゃーん、新規のご依頼が入ったから、病院に引き取りに行ってくるわねー」

入ってきたのは響子だった。

事務服にウインドパーカを重ねて、今から出かける装いである。

霜は、段ボール箱から腰を上げて答えた。

「分かりました。俺は仮眠を取った後、会館でご葬儀にあたります。留守番は糸花にさせますので、安心して行ってらっしゃい」

「えっ。私、一人きりで?」

こうして、糸花は入社一日目にして、留守番を任されることになってしまったのである。


糸花は響子のデスクについて、霜に渡された雇用契約書を読んでいた。

事務所にいるのは、糸花一人きりだ。

霜は、仮眠を取った後、葬儀をあげるため会館に戻ってしまった。

病院に向かった響子は、まだ帰ってこない。

もしも今、緊急の依頼が来たらどうしよう。ドキドキしながら待っていたが、幸いにも電話が鳴ることはなかった。

田舎なだけあって、ビルの周りは静かで、壁掛け時計の秒針の他には何の音もしない。

開放感ある全面ガラスから差し込む日光が、室内の空気を温めて眠気を誘う。

糸花がうつらうつらと船をこいでいると、どこからかいい匂いがしてきた。

赤ワインを煮詰めて作る、デミグラスソースの濃厚な香りだ。

盛大にお腹が鳴って、そういえば、アパートを出てからろくに食事をとっていなかったと思い出す。

失恋のショックが強すぎて、食欲が減退していたのだ。

「うーん。お腹すいた……」

「んじゃ、一緒に食べるっスか？」

「わっ⁉」

来るはずのない返事に、糸花は飛び起きた。

デスクのそばに茶髪の若者が立っていて、しげしげと糸花を観察している。

「すみません。ご遺族様ですか⁉」

「あはは。うちのばあちゃんは元気だから、あと十年はお世話にならない予定っスよ」

「では、あなたは？」

若者は、身に着けた藍染めのエプロンの中央を指した。

厚手のツイル生地に『今泉花店《いまいずみ》』という文字が白抜きされている。

「オレは今泉平太《へいた》。花屋の息子で、霜とは幼馴染みなんスよ。弁当を差し入れに来たら、知らない女の子がいたからびっくりしたっス」

平太はそう言って、弁当が入ったビニール袋と小さな花籠をテーブルに置いた。

霜の幼馴染みというが、彼とは正反対の見た目をしている。

センター分けの茶髪や日焼けした肌が健康的で、浮かべた笑みは陽気。年齢は響子より下に見えるが、糸花ほど若くもない。

糸花は、失礼がないように立ち上がって一礼した。

「はじめまして、朝川糸花です。これと似たような花飾り、会館の座敷で見ました」

「それ、うちで作ってるんスよ。店が近い関係で、早月葬儀社さんとご縁があるから、会館でもお引き立ていただいてて」

「お店、ご近所なんですか？」

「すぐそこっスよ。見ます？」

表に出た平太が指さした先には、三軒分の空き地を挟んだ隣の家があった。

表通りに面した一階が店舗になっていて、軒先には菊を数本まとめた仏花や薔薇《ばら》のブーケが並んでいる。歩道にはみ出すように置かれた大きな鉢には、背丈の小さな花々が寄せ植えされていた。

「こんな近くにあったんだ……。来たばかりで気づきませんでした」

「新しい社員さんなんスか？」

「はい。私に務まるか不安ですけど、やってみたいって思って」

やる気をみなぎらせて事務所に戻る糸花を見て、平太は感心した。

「偉いっスね。葬式関連の仕事ってあんまりやりたがる人がいないのに。入社する人は今までもいたけど、朝も夜もなく業務があるって知ると離れていっちゃうし、残った人も葬儀の多さにへばっちゃうんスよ。ここって特に件数が多いから」

平太からハンバーグ弁当を受け取った糸花は、思いきって疑問をぶつけてみた。

「人口は少なそうですけど、お葬式が多い理由って何かあるんですか？」

「本当に何にも知らないでここに来ちゃったんスね。理由は、あれ」

ソファに座って白米を頬張った平太は、割り箸の先で壁を差した。

そこには、色鮮やかなカラー写真を使ったポスターが飾られている。

――ここは、天国に一番近い町、弔井町――

文字の下で、美しい海をバックに笑顔の老夫婦が寄り添っている、弔井町の豊かな自然をアピールする観光ポスターだ。

「いいポスターだと思いますけど……」

「町の事情を知ってる人間には、そうは見えないんス。ここ高齢化率が日本一なんスよ。住人の六割が六十代以上。医療が発達しても、自動運転技術で事故が減っても、年をとったら人って死ぬじゃないっスか。だから住民は、天国に一番近いって言ったら、そっちを思い浮かべちゃうんスよね」

「町を自虐している風に見えるってことですね」

「そ。どれだけ過疎化が進んでも、亡くなる人がいたら葬式をあげるし、供花も必要になるから、うちみたいな小さい店でもやっていけてるんスけどね。やっぱ寂しいもんスよ。若いのは都会に行っちまうし、ご老人にはどんどんお迎えが来て、人が少なくなってくんだから」

平太はあっという間に弁当を平らげて、食後のコーヒーを淹れている。

誰に急かされることもない糸花は、ソースが絡んだハンバーグを堪能した。

蓋に貼られていた手作りシールの通り、ざっくり刻んだ玉ねぎ入りの家庭的なものだ。噛《か》めば噛むほどに甘みが増すので、ゆっくり味わいたくなる。

「私、葬儀を担当するわけじゃないんです。メインの作業は衣装を作る方なので」

「衣装って、礼服でも作るんスか？」

「そうではなくて、故人が納棺の儀で身に着ける衣装です」

「経帷子じゃなく？」

驚く平太に、糸花は深く頷いた。

「遺族の希望にそった衣装を用意するのが私の仕事だって、霜さんは言ってました」

糸花は、才能のない自分でも誰かの役に立てると思って、霜の誘いに乗った。

一度は覚悟を決めたのに胸がモヤモヤするのは、プレタクチュールの話を聞いたからだ。

「霜さんは、遺族の希望に対応できるように、あらかじめ衣装を作ってストックしておけって言うんです。でも、私はそんな考えではいけないと思います。人生の最期を飾る、とっておきの服だからこそ、オートクチュールで対応するべきじゃないでしょうか？」

「オレ、ファッションには詳しくないんスけど……。オートクチュールって、結婚式のドレスみたいな特注品を作ることっスよね？」

「大まかに言うとそうです。着用者と相談した上でデザインを起こして、仮布で組み立ててから、本番の布や資材を使って作ります。一気に完成させずに、何度も何度も手間をかけることで、世界で一つの衣装になるんです！」

オートクチュールの醍醐味《だいごみ》はここにある。丁寧に手をかけられるので、満足度が既製服とは比べものにならないほど高いのだ。

「これこそ、死装束にぴったりな方法だと思いませんか？」

平太は同意してくれると思いきや、コーヒーを啜《すす》りながら渋面《じゅうめん》になった。

「それは難しいかも知れないっスね……。糸花さんは、人が亡くなってから葬式を終えるまで、何日かかるか知ってます？」

「一週間ぐらいですか」

「そういう場合もあるかもしれないっスけど、この辺りだとせいぜい三日から四日っス」

「最短で三日⁉　あっという間じゃないですか！」

「そうなんスよ。この辺りでは、荼毘《だび》に付してから葬儀する骨葬《こっそう》が一般的だから、お召し替えして棺に入れるのが早いんス」

平太は響子の席を覗いて、透明なデスクマットの間から、葬儀の進行表を取り出した。

「仏式の工程表で説明するっスね。まず人が亡くなると葬儀会場か自宅に運んで、布団に寝かせて枕経《まくらぎょう》をあげる。宗派にもよるけど、お経はこのあと何度もあげるっス。蠟燭《ろうそく》の火を絶やさないように寝ずの番をしながら、死後二十四時間が経ったらお召し替えをして棺に入れる『納棺の儀』をする。その後、棺を火葬場に送る『出棺の儀』をして火葬。お骨になった故人が葬儀場に戻ってきたら『通夜』。この辺りでは通夜振る舞いを食べます。日取りが悪くなかったら、その翌日に骨壺を祭壇に安置して本番の『葬儀』。前火葬の習俗が残ってるところだと、大体こんな感じで進むっスよ」

進行表をなぞっていた平太の指が、納棺の儀に戻った。

「糸花さんの作る服が必要になるのは、ここ。早ければ、亡くなって二日目には必要になるものなんスよ。オートクチュールしている暇なんてないから、霜はストック案を出したんじゃないんスかね？」

「そんな理由があったんだ……」

オートクチュールにこだわりすぎて、時間が足りなくて用意できませんでした、では遺族を落胆させてしまう。

納期を守るには、先行して様々な衣装を作っておき、故人に合わせてアレンジする方が合っている。

時間に余裕があるのなら、ファッションへの情熱を失った糸花でも、きっと良い衣装を完成させられるのに――。

「あ、帰って来た」

平太が通りに向かって手を上げると、自動ドアが左右に開いた。

事務所に入ってきたのは、疲れた顔をした霜だった。

「ただいま戻りました」

「お帰りなさい、霜さん」

「おかえり、霜。糸花さんとご飯してたんだけど、響子さんは一緒じゃないの？」

「トラブルで帰れなくなった。平太は、新しい供花の宣伝か？」

「そ。葬儀場に飾った後、簡単に分けられるフラワースタンドを考案してみたんだ。スタンドの花って小分けして包むのも大変だし、残っちゃったら遺族が持って帰らないといけないだろ。自家用車で帰ろうと思ったら花でいっぱいになっちゃって、遺族がタクシーで戻るような場合もあったから、改善できないかと思って」

「たしかに、生花は仏壇に供える分は必要だが、それ以上は生ける花瓶がなかったり飾る場所がなかったりで、持ち帰るご遺族の負担になることもある」

ネクタイを緩める霜に、平太はパワーポイントを駆使して作ったような解説図つきのプリントを渡した。

「その点、オレが考えたこれは、参列者の数で花籠を作って、それを合体させちゃうから、スムーズに分けて解散できるんだ。遺族の負担が増える心配もなし。どう？」

「目を通しておく」

霜は、プリントをデスクに載せた。

続けて吐かれた溜め息を、糸花は見逃さなかった。

「トラブルって、何があったの？」

「ご遺族間の争いごとだ」

霜は、雇用契約書の署名欄が空いているのを見て顔をしかめた。

「サインしていないな……。不満な部分でもあったか？」

「ち、違う！」

読まずに寝てました、なんて言えなくて、糸花は急いでペンスタンドに手を伸ばした。安物のボールペンをノックしてペン先を出す。

「今サインしようとしてたの！　朝、川、糸、花。はい、できた！」

「受領した。あとで雇用に関する書類を渡す」

霜は、糸花がサインした契約書を鍵のかかる引き出しにしまうと、弁当の空き箱を片付けていた平太に告げた。

「定時には早いが、事務所は閉める。食事後すぐで申し訳ないが、二人とも会館まで来てくれ」

「オレも？　ヘルプが必要なんて珍しいな。ばあちゃんに知らせてくる」

平太が事務所を出ていくと、霜は手際よくパソコンの電源を落とし、戸締まりを確認してシャッターを下ろした。

その間に、糸花は会社の備品である事務服に着替えた。一応、もう早月葬儀社の社員なので、デニム姿では行動できない。

ビルの前の通りには、洋型の霊柩車が出っぱなしになっている。運転席に乗った霜が窓越しに指で手招いたので、糸花は助手席に乗り込んだ。

乗るのは三度目だが、緊張した。

実際に遺体を運ぶ日が来たら、冷や汗が止まらなさそうだ。

花屋に戻って上着を持ってきた平太が、後部の補助席に乗って「久々だ」と楽しそうにしていたので心がほぐれる。

車は静かに発進した。ラジオからは女性シンガーの流行歌が流れている。

流れる街並みを眺めながら、糸花は記憶にある弔井町を思い起こした。

前に来たときは、築数十年は経っているような古い家々が並んでいたが、新築とおぼしき家ばかりで、建っていない区画は更地になっている。電話番号を記した不動産屋の看板が、人口の少なさを如実に物語っていた。

糸花が育った都会の街とは対照的だ。あちらでは空き地の方が稀《まれ》だった。マンションも学校もたくさんあって、子どもが往来を歩いているのは当たり前。重箱のように階が積み重なったオフィスビルで働く大人で、駅はいつも混雑していた。

人々が早足で行き交う道を、糸花も競うように歩いたものだ。

だが、この町にはそもそも人が少ない。

たまに歩いているのは、杖や手押し車を使っている高齢者だ。

東北の春は寒いので、厚手の上着や編み地のざっくりしたチュニックを長袖に重ねている。

咲き始めたタンポポに気づいて足を止めたり、胸の高さまであるコンクリート塀に寄りかかって海を見ていたりするので、予定も時間も自由なのだろう。

（過疎地って、環境が良くないイメージがあったけど、ここは綺麗だし、のんびりしてていいなぁ）

田舎暮らしは不便だと言うけれど、こうして見ると悪くはなさそうだ。

急加速も急停止もしない霜の運転は優しくて、ゆったり物思いに浸《ひた》れるから、そう思えるのかもしれない。

元恋人とのドライブデートは、こうはいかなかった。

アクセルは思い切り踏み、信号が赤になるとブレーキを強くかける人だった。

シートに背中が押しつけられるような運転が男らしくて格好いいと思っていたけれど、魔法が解けた今はどこが良かったのか分からない。

恋は盲目って、本当だ。

平太は、レースのカーテンを開けて前を覗き込む。

「霜は運転上手いよな。筋がいいよ」

「筋ではなく経験の差だ。粗暴な運転をして、繊細な状態の故人様にダメージがあれば困るだろう」

「繊細な状態って、どんな？」

口を挟んだ糸花に、信号待ちする霜と平太の視線が集まった。

「あ、あれ？　私、変なこと聞いた？」

「……そのうち嫌でも見るだろうが……。たとえばブレーキの衝撃で、布団から故人様の腕がボロンと――」

「あー、あー！　この曲、好きでよく聞いてるんスよね！」

平太が強引に話題を変えると、霜は口を閉じた。糸花も好きな曲だったので、歌っているシンガーが今年の紅白歌合戦に出るかどうかで盛り上がった。

差し障りのない世間話を続けること、およそ十五分。

到着した会館の前では、響子が手を振って待っていた。熱烈な歓迎だなと思ったら、車を降りた糸花に泣き顔で飛びついてくる。

「やっと来た！　あたしにはご遺族を止めるのは無理！　霜ちゃん、糸花ちゃん、何とかしてーっ‼」

「響子さん、オレ、オレもいるっスよ！」

後部座席から降りて自分を指さす平太を、響子はふんと鼻で笑った。

「平ちゃんでは無理」

「なんでっスか。頼ってくださいよ！」

平太の泣き声を聞きながら、糸花は、響子からファイルを受け取った霜を追う。彼はロビーを通って、事務室を過ぎ、座敷に辿り着いた。

三つ並んだ部屋には、旅館のように名前が付けられている。

ロビーに近い左端の小部屋は『白梅』。その隣の大部屋は『黒樫《くろかし》』。最奥の特別室は『紫雲《しうん》』だ。

葬儀の規模によって使う部屋を変えるらしい。

「故人は、船木香住《ふなきかすみ》様。享年十五才。持病の悪化による病死……」

白梅の間の前で靴を脱いだ霜は、死亡診断書を見ながら呟いた。

「ずいぶん若くして亡くなったんだね」

「おいくつでも、人は生きているかぎり、ご臨終されるものだ」

糸花が式台に乗ると、襖《ふすま》の向こうから女性の怒鳴り声が聞こえた。

「こんなの香住にふさわしくないわ！」

霜が気難しい顔で襖を開ける。故人を寝かせた布団の前で、女性二人が取っ組み合いの喧嘩をしていた。

周囲には、湯飲みや座布団が散らかっていて、集まった人々は困り顔で距離を取っている。

遅れて来た平太は、「あちゃー」と漏《も》らした。

「オレが呼ばれたのはこのためか」

「止めても暴れるようなら、援護を頼む」

一言告げて、霜は二人のもとへ歩み寄った。

「早月葬儀社から参りました。お二人とも冷静になってください。香住様が落ち着いてお休みになれません」

二人の女性は、故人の名前を聞くと我に返って手を離した。

ほっとする間もなく、お互いを睨みつける。

「香住のことを考えない、この人が悪いのよ！」

「あんだって？　あたしゃ、香住の気持ちを考えてやってんだよ！」

「――お静かに願います」

霜の声は酷《ひど》く冷たかった。

室温が二℃下がるような迫力に、争っていた二人は大人しくなる。

霜は、布団のそばに正座して遺体に手を合わせると、遺族に向かって頭を下げた。

「ご葬儀を担当させていただく、早月霜と申します。末期《まつご》の水をご準備致しますので、故人様のお口元を潤《うるお》して差し上げてください」

さっそく葬儀屋としての仕事を始めるらしい。

霜は、響子から水の入った湯飲みと長い綿棒が載ったお盆を受け取り、故人の枕元に置いた。

「末期の水とは、命の火を燃やしてご臨終された故人様の、喉の渇きを癒やすための水でございます。これはご葬儀における、最初の儀式と言われております。脱脂綿を結んだ楊枝《ようじ》を一つずつお使いになり、水を吸わせて故人様の唇をなぞって差し上げてください。お二人はこちらへ」

説明を終えた霜は、喧嘩していた二人を、座敷の端にある卓へと呼んだ。

再び取っ組み合いになった場合に備えて、糸花と平太も近くに控える。

片方は、四十代半ばくらいの黒髪を伸ばした女性。黒いニットトップスとロングスカート姿は地味で、物静かな印象がある。

目元をやつれさせた彼女は、香住の母親だという。

もう一人の女性は香住の叔母。母親と同じくらいの年齢だが、髪を金色に染めていて、肩に切り込みの入ったミニ丈のワンピースを着ている。

悲しみに沈んだ白梅の間で、主張が強いヒョウ柄はさすがに目立った。

故人の父親だという男性は、娘の死にショックを受けて抜け殻のようになっていて、仲裁を頼める状況ではなかった。

「なぜ争われていたのですか?」

間に座った霜の問いに、母親がおずおずと口を開いた。

「この人が、自分が持ってきた服を香住に着せろ、なんて言うものだから……。棺に入るのに、経帷子を身に着けないなんてあり得ないわ。香住が極楽に行けなかったら困るとお断りしたら、いきなり怒りだしたんです」

「言いがかりはやめとくれ。そんなことで入れない極楽なんてあるもんか。そうだろ、葬儀屋さんよ」

「ええ。経帷子は必ずしも身に着ける必要はありません。宗派にもよりますが、別のご衣装にお召し替えされた場合は、他の副葬品と一緒に棺にお入れしますので、心配ございません」

「ほらみろ。あたしが気に入らないからって、文句をつけてんじゃないよ」

霜は、ふてくされた顔で片膝を立てる叔母にも、同じように尋ねた。

「どうして故人様に服をお持ちになったのですか？」

「生前、香住が着てみたい服があるって言ってたんだ」

叔母は、丸めて置いていたスカジャンのポケットから煙草の箱を探り取ると、慣れた仕草で底を叩いて一本だけ引き出した。

「香住はずっと我慢してたんだ。レースがたくさん付いた可愛い服が着たいけど、そういう服は高いし、治療費で親に迷惑をかけている身では無理だってね。あたしにだけ打ち明けてくれたから、次の誕生日にドレスをプレゼントするつもりだったんだよ。だけど、誕生日まで持たなかった……」

叔母の目が遠くなる。

視線の先には、白い布を顔にかけられて横たわる香住がいる。

「訃報《ふほう》を聞いたあたしは、真っ先にそのドレスのことが頭に浮かんだ。死に目には間に合わなかったけど、着せてやったら喜ぶと思って持ってきたのさ」

叔母は、スカジャンで覆《おお》っていたプレゼントボックスを見せた。

糸花でも知っている有名なブランドのものだ。

派手さと綺麗さを両立させた姉ギャル系の流行を牽引し、一時は渋谷の一等地にショップがあった。ギャルブームが落ち着いた今は、ファッションビルに入っているテナントで買い求められる。

「中身を検《あらた》めさせていただいてもよろしいですか？」

許可を取ってから、霜は赤いリボンを解いて蓋を開けた。

中身はショッキングピンクのドレスだった。

スリットが入ったスカート部には、黒いラッセルレースが重ねられている。夜のパーティーに映えそうなデザインだ。

「一番人気だっていうのを買ったのさ。今のトレンドだって言ってたよ」

「トレンドと、香住の好みは違います」

母親はきっぱりと突っぱねた。

「香住はぬいぐるみや絵本が好きな愛らしい子です。お姫様が出てくる映画も好きで、小さな頃の夢はバレリーナだったんですよ。ピンク色は好んでいましたが、あの子が選ぶのは決まって淡い色味でした。そんな悪趣味な格好を望むわけないわ！」

「どこが悪趣味なんだよ。香住の望み通り、レースいっぱいだろうが！」

「あ、あの……」

喧嘩になりそうだったので、糸花は意を決して割り込んだ。

「香住さんは、レースが付いた可愛い服がお好きだったんですよね。レースを使う服装というのは、ギャル系、ガーリー系、ロリータ系など、系統がたくさんあるんです。香住さんがどういった系統のファッションがお好きだったのか、聞いているだけでは分からないんですけど……」

「早月さん、この方は？」

いぶかしむ母親に、霜は「被服担当の朝川といいます」と紹介した。

「どなたか、香住様がお読みになっていたファッション誌をご存じの方はいらっしゃいますか？」

「ファッション誌ではありませんが、スクラップブックならここにあります」

置物のようだった父親が声を上げ、胸元に抱いていたファイルを卓に出した。

糸花が代表して開くと、ルーズリーフに雑誌の切り抜きが貼ってある。

スカートをお椀のように膨らませたワンピースや、フリルブラウスにジャンパースカートを合わせた、少女趣味が強いコーディネートばかりだ。

ファッションに詳しくない周囲は首を傾げたが、糸花は一目で系統が分かった。

「分かりました。香住さんはロリータ系のファッションがお好きなようです。このドレスはギャル系のブランドなので、ご趣味とは異なりますね」

「なんだって？」

「見せてください」

母親はファイルを引き寄せて、その重みとスクラップの量に涙をこぼした。

「言ってくれたら良かったのに。誕生日もクリスマスも、お母さんとお父さんと一緒に過ごせるだけで幸せだと言って、プレゼントをねだったことのない子だったんです。治療費を気にしていたなんて……」

「あたしが買ってきたドレスじゃダメじゃないか。こんなデザインの服は、この辺りでは売ってないだろう。くそっ」

悔しそうに唇を噛む叔母を見た霜は、糸花に視線をやった。

「できるな？」

「うん。私が、故人様のご趣味にあった衣装をご用意します」

ここは東北の田舎町だ。霜が車で駆けても、香住が好きそうなロリータブランドの服は手に入れられない可能性が高い。

だが、早月葬儀社には糸花がいる。

時間と距離の問題で調達できない衣装を、故人や遺族が切望する衣装を、作る技術を持った人間がいる。

母親は、糸花の言葉を信じていいのか惑《まど》って、霜に確認した。

「用意、できるんですか？」

「お任せください。早月葬儀社は、ご遺族様と故人様に寄り添うという信条のもとで、ご葬儀のお手伝いをさせていただきます」

「……お願いします」

少しの逡巡《しゅんじゅん》の後、頼むと決めたのは香住の父親だった。

日本の法律では、遺体は死亡時刻から二十四時間経過した後でなければ、埋葬も火葬もできない。

全国的には葬儀の後に火葬することが多いが、葬儀の前に火葬してしまう骨葬が一般的な弔井町では、故人が姿を留めている時間はわずかだ。

その間に、糸花は香住のための衣装を製作しなければならない。

早月葬儀社のビルに戻った糸花は、三階の作業部屋に駆け込むと、資材を収めてあるクローゼットを漁った。

淡いピンク色のブロード布と白いリボン、レースを見つけ出して、手元に揃えていく。

鬼気迫る勢いで準備を進める糸花を、霜は入り口からじっと観察している。

「俺の専門ではないから確かめなかったが、ストックなしで作れる物なのか。ロリータ系統の服というものは」

「はっきり言うと無理。パターンが独特だし、布量が多いし、レースやフリルみたいな凝った装飾が付いているから、縫製に時間を取られる。しっかり作ろうと思ったら一週間はほしいよ」

「火葬場の予約時間は、午前十一時。そのため、お召し替えと納棺の儀は九時には行う。間に合わせられるか？」

心配するときの癖なのか、霜は左目を細めている。

作る本人より深刻そうなので、糸花はつい笑ってしまった。

「完成させてみせるよ。ご遺族が取っ組み合いしているのを見たときは驚いたけど、二人とも香住さんへの愛情があるから衝突したんだよね。本音を言うとうらやましかった。私、父親に勘当されてるから」

「……理由は」

「大学に入学して、真面目に勉強していると思っていた娘が、いきなりファッションに目覚めて、服飾系の専門学校に入り直すと宣言したもんだから、キレちゃったんだよね。気持ちは分かるよ。受験中ずっと応援していたのに中退するだなんて。はっきり言って裏切り者だよね」

カラカラと笑いながら、糸花はファイルの中ほどのページを霜に見せた。

「まったく同じ物は作れないけど、これに似たデザインにするつもり」

童顔のモデルが着ているのは、レースをふんだんに使ったワンピースだ。

霜は、気難しそうな顔つきで他のページと見比べる。

「俺の目には他との違いが分からない。なぜ、これを選んだ？」

「ここのページだけ他よりもへたっているから。スクラップを作った香住さんは、ここだけ何度も何度も開いたんじゃないかな。私も、大好きなドレスが載ったページをすり切れるほど見返した経験があるから、分かるんだ」

好きな服を見ると、わくわくする。

それを着た自分を想像すると、踊り出したくなるくらいだ。

このスクラップブックは、長く病床にいて自由がなかった香住にとって、心の支えだったに違いない。

症状が辛いときや眠れない夜に、何度も開いたのではないだろうか。

「香住さんはかなり痩せていたから、レディースのSサイズでも大きいと思う。ウエストを五十六センチで仕立てるつもり」

「それでは細すぎる。Lサイズにしろ」

「それだと、ぶかぶかになっちゃうよ。体に合っていないファッションは不格好！そんな服を、年頃まっさかりの香住さんに着せるつもり？」

「着せられないと言ってるんだ」

「どうして？」

食い下がる糸花に、霜は腕を組んで説明した。

「心臓が止まると人体は硬直する。関節が強《こわ》ばり、人によっては曲がった状態で固定されることも少なくない。マッサージを施すことである程度はほぐれるが、硬直がもっとも強まるのが二十四時間後。その後、一日から長くて三日はほとんど動かせないと思え」

「それって死後硬直ってやつ？　サスペンスドラマで、警察が死亡時間を割り出すあれ？」

「そうだ。生きている人間は衣服を着る際に、無意識の内に肩をすぼめたり、背を曲げたりして、布の間に体を潜り込ませている。だが故人様にその動きは不可能だ。経帷子のような着物なら、そこまでサイズにこだわらなくても着付けられる。だが、洋服ではそうはいかない。人それぞれに異なる調整が必要だ」

「プレタクチュールって、そういう意味でも必要だったんだね……。分かった」

糸花は、折り畳まれていた布をふわりと広げた。

「あとは一人で大丈夫だよ」

霜は、小さく「頼んだぞ」とだけ告げて部屋を出ていった。

一人きりになった糸花は、部屋の隅にあったトルソーを引きずってきて、布を当ててまち針で止め、裁ちばさみを持ち上げた。

直で必要なパーツを裁っていくのだ。頭を使うが、一から型紙を起こして平らな場所に置いた布を切っていくよりも時間を節約できる。

パーツを切り出したら、いよいよミシンに向かう。

通常は、切った断面がほつれてこないようにロックミシンをかけるが、工程通りにやっていては間に合わない。

ロック処理は飛ばして、パーツを縫い合わせる。

前身頃は、リボンを編み上げる形にバランス良く折り返して止め、モチーフレースを直線ミシンで叩きつけた。

袖と肩紐は、ゴム紐を通してシャーリング仕立てにする。スカート裾にはフリルを縫い付けて、縫い目が表に出ないようまつり縫いを刺していく。

途中、部屋が暗いのに気づいて電気を点《つ》けた。

何時間作業しているのか分からないが、手を止めるわけにはいかなかった。

糸花は、舞踏会のためのドレスを仕立てるシンデレラのように、夢中で夜なべする。

全ては香住のため。

そして、彼女を悼《いた》む遺族のためだ。

窓の向こうが白む頃、背中の開きを留めるリボン付けが終わった。

広げてみると、思い描いていた通りの、愛らしいワンピースに仕上がっている。

「できた……」

糸花は笑い出しそうになった。と同時に、泣き出しそうでもあった。

納棺の儀に間に合わせられるか、本当は不安だったのだ。

「あとは、これを香住さんのところに持っていくだけ――」

立ち上がった糸花は、ぐらりと地面が揺れるのを感じた。

地震だと思って足に力を込めるが踏み止まれない。

目眩《めまい》だと気づいたときには、目の前が暗転していた。


「――糸花」

名前を呼ばれて目を開けると、霜の腕に抱き止められていた。

「あれ？　私、寝てた？　いま何時？」

「朝の六時だ。俺がいなければ後頭部を強打していたぞ。長時間、座った状態から急に立ち上がったために、脳貧血を起こしたんだろう」

「そうなんだ……。というか、霜さんが部屋に入ってきたことに気づかなかった」

「だろうな。昨晩、置いた夜食もそのままだ」

視線を動かすと、入り口付近の段ボール箱の上に、ラップをかけたおにぎりとスポーツドリンクが置いてあった。

いつ置かれたのか記憶にない。気づかないくらい集中していた。

まだ夢の中にいるようなフワフワした心地で、糸花は、作り上げたワンピースを霜に差し出す。

「香住さんの衣装、完成したよ。これ使って」

「よくやった」

霜に褒められた糸花は、満たされた気持ちになってコテンと寝入った。

それから、会館に行く支度を終えた霜に叩き起こされるまで、高いびきで眠り続けたのだった。


九時からの納棺の儀に参加したのは、香住の両親と叔母、数人の親戚だけだった。

香住に、葬式に参列するような友達はいなかったそうだ。

響子から借りたスーツを着て座敷の後方に控える糸花は、香住がどれだけ長く闘病していたのか想像して切ない気持ちになった。

「故人様のお体を清めていきましょう」

黒いスーツをきっちりと着こなした霜は、脱脂綿を載せた盆を出す。

遺族が一人ずつ故人の手を拭いていく。母親は清めている間、泣き通し。

叔母は涙を堪《こら》えつつ、もう目覚めない彼女にしきりに声をかけていた。

「これより故人様をお召し替え致します。かつては経帷子と手甲、脚絆といった旅装束をお着せしていましたが、現代ではそこまで徹底しておらず、故人様のお好きな服をお着せすることが多くなりました。香住様のご衣装は、こちらでご用意させていただきました」

霜は、風呂敷包みを開いて、糸花が製作した淡いピンク色のワンピースを広げた。前中央を白いグログランリボンで編み上げ、腰元には共布のリボンを結んでいる。膨らんだスカートの横幅は、ウエスト部分の三倍はあってボリューミーだ。

「そのドレスは！」

香住の父親は、声を上げて目を潤ませた。

「どうされました？」

霜が呼びかけると、父親と同じく目を真っ赤にした母親が答える。

「香住が大好きだった絵本に出てくるドレスとそっくりなんです。バレリーナを目指す女の子が、針の妖精と出会って、一緒に舞台衣装を作っていくお話で……。香住は病気になる前、バレエを習っていたんですけれど、発症してからは自らの足で立つこともできなくなってしまったんです」

「妻と私は、夢を諦めてほしくないと思い、その絵本を香住にプレゼントして読み聞かせては、いつかまた踊れるようになると励ましていました。誕生日に、トウシューズやチュチュを持ち込んで、ベッドの上で記念写真を撮ったこともあります。ですが、大きくなると香住は、絵本も靴もバレエに関する何もかもを、家に持って帰ってほしいと言って……」

父親は、当時の香住を思い出しているのだろう。表情が悲しげだ。

霜は、感じ入った様子で、手元のワンピースを見下ろした。

「香住様は、夢を諦められても、絵本のことを覚えていらっしゃったのでしょう。絵本に出てきたドレスと似た洋服をファッション雑誌で見つけて、ご両親に励まされた日を思い出し、繰り返しご覧になっていたのかもしれません」

バレリーナになる夢を持っていた香住。

ベッドの上で成長していった彼女は、両親の優しさで見ていた夢を、自分の体では叶えられないと悟った。

そんな状態で出会った、憧れのドレスにそっくりなロリータ服は、病床で過ごす彼女にとって、眩しくも温かな希望になった。

「早月さんのところでは、こういった衣装も取り揃えているんですね」

「いいえ。我が社にはありませんでしたので、被服担当がお作りしました」

「作った？　一晩で、ですか？」

母親の目が糸花に移る。

糸花は、座敷に手をついて深く頭を下げた。

「故人様のご希望にそえるように、心を込めて縫わせていただきました！」

すると、香住の両親は「ありがとう」と感謝してくれた。

「――それでは、お体を拭いて、お召し替えを行います」

霜は、香住の腰元に移動すると、片手で掛け布団をつまんだ。布団を剝いで作業するのかと思ったが、意外にもかけたままで儀式は進む。

霜は、香住の体をほとんど見ずに、病院で着せられた浴衣を布団から引き抜いた。いつの間に脱がせたのか分からず、遺族はざわつく。

続けて体を拭き清め、間髪容れずに、糸花が作ったワンピースを潜らせる。

開きは背中側にあるので、着せるには香住の体を持ち上げなければいけない。だが、霜の腕が動いているような様子はないし、香住もほとんど動かなかった。

ほどなくして霜は涼しい顔で腕を抜いた。

「お召し替えが終わりました」

霜が掛け布団を足元まで下ろすと、胸元で手を組み合わせた香住は、糸花が作ったワンピースを身に着けていた。

「ど、どうやって」

叔母が震えるのも無理はない。

はたから見ても、霜は布団の端をつまんでいただけだった。だが、香住はしっかりと着替えていて、自ら横たわったように自然に寝ている。

まるで魔法だ。

霜は、落ち着いた横顔で、仕事用具を入れた黒いトランクを引き寄せる。

「愛らしいお洋服に合わせて、髪のセットも致しましょう。白い薔薇を使った花冠をご用意したので、こちらを載せさせていただきます」

霜は、開いたトランクからつげ櫛《くし》を取り出して、香住の髪を梳《す》いた。

黒髪に宿った艶は、花飾りに勝るとも劣らない輝きを放つ。

色白の頰にはピンク色のチークを入れ、唇にも同じ色合いのグロスを塗る。

「これでお召し替えは終了です。故人様を近くで見て差し上げてください」

霜が後ろに下がるのに合わせて、遺族がそろそろと歩み寄る。

霜の手で変身した香住は、眠り姫のようだった。

長い睫毛も、薔薇色の頰も、潤《うる》んだ唇も美しい。

もしも王子様がキスをしたら、目蓋を開けて微笑むんじゃないかと思うくらいに、生き生きとして見えた。

母親は、布団に手をついて泣き崩れた。

「香住、とっても綺麗よ……。ごめんね、生きているときに着せてあげられなくて」

「叔母ちゃん、いっつもタイミング悪くてごめんな。もっとあんたの話を聞いてやればよかった……」

礼服の袖で目をこする叔母の後ろで、父親が口を引き結んで涙を堪える。

もらい泣きした糸花は、声を出さないようにするので精一杯だった。

霜だけが、取り乱さずに黙っていた。

まっすぐ伸びた背と潤まない瞳の黒さが、糸花の目に焼きついた。


納棺の儀は滞りなく済んだ。香住は、出棺の儀を経て火葬場に送られた。

玄関口で、棺と遺族を乗せた車を見送った霜は、隣にいた糸花に尋ねる。

「あのワンピース、どういう仕掛けなんだ。袖に腕を通して、後ろ身頃を合わせたら、なぜか香住様の体に沿うように生地が収縮した」

「あ、気づいてたんだ？」

　訳が分からないといった様子の霜に、糸花は種明かしをしていく。

「ワンピースは後ろ開きで、左右から出たリボンを結んで留めるタイプだったでしょ。あのリボン、じつは胴体をぐるっと一周するように、服の内側をくぐらせていたの」

　糸花は、表側にレースを叩きつけるのと同時に、裏側にループを作っておいた。中に通したリボンを引くと、生地に皺が寄ってシャーリングとなり胴の幅が縮む。

　霜が着付けた際に、まったくリボンを引かなければ、ワンピースは裁断した布幅通りに大きめのまま。多めに引けば、シャーリング効果で香住の体に沿うようなスタイルが作れる。

　ようは、ジャージの腰紐と同じだ。

　ゆったりしたサイズでも、ウエストに通った紐を引くと、着用者の体にぴったりになる。あの仕掛けをそのまま、ワンピースの身頃に転用したのである。

「後ろを留めるときなら、強ばった腕は通し終えているから、服が縮んでも問題なかったでしょ？」

「勝手なことを……」

「任されたんだから勝手だってします！　香住さんは女の子だもん。とっておきのお洒落《しゃれ》をするなら、自分にぴったりの服を着たいじゃない？　何とかして、綺麗にしてあげたかったんだ」

糸花が笑みを浮かべると、霜はふんと息を吐いて、ぼそりと呟いた。

「……お前を採用してよかった」

そう言うなり、踵《きびす》を返して会館に入った。

ぎょっとした糸花は、我に返って後を追う。

「ねえ、霜さん。今の、もう一回。もう一回、言って！」

「記憶にない。会館の中で騒ぐな」

「頑張ったのに、酷いよ。霜さん！」

迷惑そうにあしらわれたが、糸花は、霜の下でなら死装束を作っていけそうだと確信したのだった。

棺に納められた香住は、目を覚ますことなく火葬された。

けれど、糸花は覚えている。

故人のために初めて作った、一着のワンピースを。

あの世でそれを身に着けて、花のように笑い踊っているだろう、彼女の美しい姿を。

第三話 —— 賢者の教え

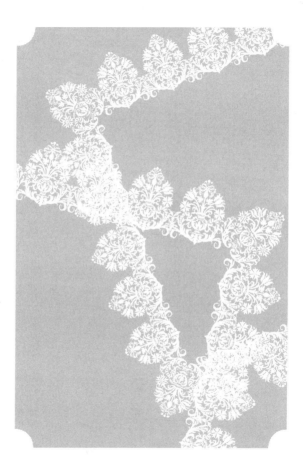

「糸花《いとか》さん。ご旅行っスか？」

早月《さつき》葬儀社へ向かう道を歩いていた糸花は、平太《へいた》に話しかけられて足を止めた。

地方バスケチームのTシャツを着て、店の前に置いた鉢植えに水をやっていた平太は、糸花が引いていた大きめのキャリーケースを心配そうに見つめる。

「もしかして、葬儀屋の仕事が嫌になって出ていく、とか？」

「違いますよ！　都内で借りてたアパートを引き払ってきたんです。これからは、早月葬儀社のビルに住み込むので」

弔《と》井《むらい》町で暮らしていくと決めた糸花の急務は、引っ越しだった。

生活基盤を弔井町に移さなければ、フューネラルデザイナーの仕事に本腰を入れられないからだ。

響《きょう》子《こ》の家に居《い》候《そうろう》しながらの新居探しは難航した。

単身者用のアパートもあるにはあったが、小さな町なので数が限られている。

自治体で提供されている空き家バンクも調べたけれど、築年数が古く、水回りのリフォームをしなければ住めないような物件が多かった。

いくつか候補を見つくろって響子に相談すると、ここは独身男性ばかりだから心配だとか、この道は街灯がなくて夜道が危ないとか、一階は防犯上ぜったいにダメとか、過保護に心配してくれた。

響子が納得する安心安全な部屋は、家賃が高額でとても払っていけそうにない。

糸花が困っていると、見かねた霜《そう》が「このビルに住むか」と言ってくれた。

彼が暮らすビルの二階には、空き部屋があるのだそうだ。

デリケートな仕事をしているので、赤の他人を入れるのは避けたいが、従業員を住まわせるなら問題ないという。

「家賃と光熱費はいらない。その代わり、骨になるまで働いてもらう」

高圧的な条件だったが、糸花はありがたく乗っかることにした。

本来ならば従業員は通いだ。響子は高台の方にある実家から、海が近い台地にある早月葬儀社のビルまで、自家用車で通勤している。

住む場所を見つけた糸花は、さっそく都内に戻ってアパートを退去した。

契約期間内だったので解約違約金がかかったが、給料を前借りして支払った。

もう着ない服や電子レンジや冷蔵庫などは、リサイクルショップに持ち込んで二束三文で買い取ってもらった。

わずかな所持品をキャリーケースに詰めて、糸花は再び電車に乗り、弔井町に戻ってきたのだ。

駅弁を食べたり、車窓から見える景色を撮影したりして、先日とは、打って変わって楽しい道のりだった。

駅からの道すがら、これから暮らす町を見てきた。

高台には、住宅地やスーパー、ホームセンター、地方銀行の支店があって栄えており、自家用車で乗りつけた人々が日々の用事を足している。

商店街を通ると、サ行やタ行に癖がある東北訛《なま》りが聞こえてくる。そのせいで、言葉は通じるのに違う国にやってきてしまったような、不思議な感覚に陥《おちい》った。

長い坂道を下っていくと、台地の向こうに深い青色をたたえた海が広がる。太陽が燦々《さんさん》と照っていても潮風はまだ冷たく、道の脇に生えている雑草の丈も短い。

都会に比べて店は少ないし、電車は一日に三本、バスは一日に五本と不便ではあるが、生きていくにはこれで充分だ。

糸花は、すっかり弔井町を気に入って、意気揚々《ようよう》と歩いてきた。

「あのビルに住み込み？　てことは、霜と同居するってことっスか？」

「あはは。そういうことになります……」

平太にズバリと指摘されて、糸花は空々しく笑った。

霜のくだんの姉君は離れて暮らしているらしい。年齢が年齢だし、結婚してよそに家庭を持っているのかもしれない。

そこで持ち上がった問題が一つ。

恋人でもない男女が、一つ屋根の下で暮らして、何も起きないかということだ。

「響子さんは『霜ちゃんなら問題ない』と太鼓判を押してくれたし、自分に色気のいの字もないのは承知の上なんですけど、いいんですかね。私、一応、女なんですが……」

「あー。霜は、そういう方向では考えてないかも。あいつ、クールぶってるけど博愛主義の塊みたいな人間なんスよ。困っている人が目の前にいたら助けようとするんス。小学生の頃なんて、通学路で足の遅いご老人を見つけたら、声をかけて一緒に横断歩道を渡ってた。懐かしいなぁ」

糸花は、おばあさんの手を引いて道路を渡る、小学生の霜を思い浮かべる。

（霜さんって、見た目とは裏腹に、けっこう親切な人なのかも）

崖から飛び降りようとしていた糸花は、手に持った赤いワンピースに目をつけられて、服を葬儀会場まで運ぶついでに車に乗せられた。

しかし、霜が平太の言う通りの人柄ならば、たとえワンピースがなくとも糸花を助けていただろう。

職がないと聞いて雇用してくれたのも、住む場所に困っていると知って同居を申し出てくれたのも、それなら納得がいく。

「同居か……めちゃくちゃうらやましいっス。オレも、いつか響子さんと庭付き一戸建てで、響子さん似の女の子とオレ似の男の子と一緒に、花壇いっぱいの花を育てて暮らしたい……」

「うわぁ」

妄想の世界に旅立ってしまった平太に、糸花は可哀想なものを見る目を向けた。

片思いを募らせている平太に比べて、響子の方はいたって淡泊《たんぱく》だ。

じゃれついてきた柴犬を払うように接しているので、興味がないのかと尋ねると
「あたし、猫派なのー」と返ってきた。

ワンコ系男子である平太の恋は、確定的負け戦《いくさ》である。

「平太さん。上手くいかないとは思いますが、その計画、響子さんに話してみたらいいんじゃや?」

「前に言ったら『平ちゃん、気持ち悪い』ってかわされたんスよ！　糸花さん、響子さんの好きなタイプが分かったら教えてくださいっス！　あっ」

蛇口のホースが外れて、あぶれた水が吹き出す。

水の直撃を受けてずぶ濡れになった平太は、通りに響き渡るような大きなくしゃみを繰《く》り出したのだった。


糸花の居住空間は、ビルの二階。霜が暮らす早月家の一室だ。

シングルベッドとハンガーラックを置いた八畳間が、新たな城である。

恋愛的なトラブルが起きないか、ドキドキしながら霜と二人きりの生活に突入したが、実際は同居とはほど遠い、すれ違い生活だった。

霜は、ほとんど家にいない。

業務から帰るとシャワーを浴びて、すぐさま寝て起きてまた仕事に出るという、そこらのブラック企業より闇が深い働き方をしていた。

食事は弁当で済ませるし、着た服はクリーニング。家の掃除は、二台のロボットクリーナーがそれぞれ掃き掃除と拭き掃除を担当している。

多忙なので私生活がおざなりになるのは仕方ないが、何だか寂しい生活だと糸花は思った。

弔井町には、十年ほど前までは複数の葬儀社があったそうだが、後継者不足で今残っているのは早月葬儀社だけ。

天国に一番近い町で唯一なので、仕事は湧《わ》くように舞い込む。

フューネラルディレクターや納棺師《のうかんし》の代理は、響子ですら務められないため、霜が連勤するよりなかった。

（でも、こんな働き方をしていたら、霜さんは長生きできないよ）

同居を始めてから一カ月が経って、東北の梅雨入りが発表される頃には、糸花の生活サイクルは固まってきていた。

朝食を食べて身支度を整えたら、三階に上がってストック用の衣装を作り、昼に休憩を一時間とってまた作業に戻る。

作った衣装は、作業部屋の隅にステンレス製のポールハンガーを設置して、そこにかけておくことにした。

霜から連絡があった日は、会館におもむいて遺族に対面し、希望のデザインを聞いてストック衣装のサイズを直したり、新たに製作したりする。

独自の衣装よりも経帷子《きょうかたびら》を希望する遺族の方が多いので、基本的にはストックを充実させることが糸花の役割だった。

夕方の五時には二階に戻って、夕食を作って食べて、シャワーを浴びて寝る予定だ。しかし、響子の事務仕事を手伝って夜遅くなることもたびたびあるので、スケジュール通りに進む日はほとんどない。

糸花の部屋は、リビングの右手側から伸びる短い廊下の先にあり、他に二つの空き部屋がある。

左手側のドアの向こうは霜の居住空間だ。

入ったことはないが、そちらも同じような造りだと思う。

一人で暮らすにはあまりにも広い。

だからこそ、霜は一部屋ぐらい無償で貸すと言ってくれたのだろう。

（そういえば、初めてここに来たときに見えた人影は何だったのかな）

磨《す》りガラスの向こうに誰かが立っていた。

初めは霜かと思ったが、彼は風呂場から出てきた。

彼は仕事人間で、恋人がいる様子もない。

ということは――。

「幽霊とか？」

今さらビクビクしつつ、糸花は買い物袋をアイランドキッチンに置いた。

大型テレビがあるリビングにひらけたキッチンは、ＩＨコンロが三つも付いている。調理台の下には、据付《すえつ》けオーブンや大きな食洗機まであるハイグレードだ。

料理をしない霜には、宝の持ち腐れである。

「あれから見ないし大丈夫だよね。幽霊なんか、いない、いない。生きてる私が世界で一番強いはずー♪」

「音痴《おんち》だな」

「ひっ！」

背後から声がして糸花は飛び上がった。

振り向くと、風呂上がりの霜がＴシャツ姿で立っている。

「帰ってきてたんだ？」

「戻る予定はなかった。勤務表を見ていた響子さんに、四十日間まともに休みを取っていないと気づかれて、事務所を追い出されたんだ」

「四十日……。それはすごい……」

霜は冷蔵庫から取り出した緑色のビンを開けた。アップル風味の炭酸水だ。彼はこれが好物らしく、いつでも大量に冷やしてある。

「いつも水ばかり飲んでるけど、ちゃんとご飯は食べてるの？」

「時間があれば何かしらつまんでいる。会館で出される精進《しょうじん》料理もいただく。どんな体調でも、二口ほどは飲み込んでいるから問題ない」

「それ、食べた内に入らないよ！　料理はまったくできないわけ？」

「仕事に必要ないことはしない主義だ」

「ダメ人間まっしぐらじゃん！　分かった。今日は霜さんの分も作る！」

糸花は、家事が得意な方だ。実家では親に頼りきりだったが、一人暮らしを始めたら掃除も洗濯も料理も一通り習得できた。

「材料をまとめ買いしてきたところなの。何が食べたい？」

「食べたい物か……。久しく考えてこなかったから、すぐには浮かばないな」

霜は、ダイニングテーブルに座って考え込んでしまった。よほど食に執着がないのだろう。

糸花は、気を利《き》かせて買い物袋の結び目を解く。

「今ある材料を言うから考えてね。買ってきたのは、卵と牛乳、コンソメにピザ用チーズ、ジャガイモ、人参《にんじん》、玉ねぎ、レタス、お肉、小麦粉、バター――」

「クリームシチューは？」

糸花の言葉に、霜の声が重なった。

家庭的なリクエストに驚いていると、霜は不機嫌そうに見つめ返してくる。

「なんだ。作れないなら、そう言え」

「失礼だな、作れるよ！　霜さんのイメージと違ったから驚いただけ。ホワイトソースを手作りするから少し時間がかかるよ。一眠りしてきたら？」

「眠るのは苦手だ。完成するまでここで待つ」

そう言って、霜はテーブルの隅に重ねていた数日分の新聞を開いた。

料理に使わない食材を冷蔵庫にしまった糸花は、玉ねぎを薄切りにして、焦がさないように手早くバターで炒《いた》めていく。

「苦手っていっても、仮眠は取ってるから眠くはなるってことだよね？」

「ああ。ただ、悪夢を見るのが嫌なだけだ」

「悪夢？」

糸花にとって、眠っている間は至福の時間である。見る夢はほとんど覚えていないけれど、多幸感は残っているからハッピーな内容なのだろう。ゾンビに追いかけられるような悪夢は、ごくたまにしかない。

「手が止まっているぞ」

「はっ。危ない、ホワイトソースを焦がすところだった！」

糸花は急いで火を弱めた。

玉ねぎを飴色《あめいろ》にすると、シチューが茶色に染まってしまう。しんなりした玉ねぎに小麦粉を投入して粉っぽさがなくなるまで炒め、牛乳とコンソメだしを少量ずつ加えて伸ばすと、ホワイトソースは完成だ。

具にするサイコロ肉は、別の鍋で焼き色を付ける。

野菜は茹《ゆ》でこぼして灰汁《あく》を抜いた。ザルに空けて蓋《ふた》をしておくのは、余熱で火を通すと野菜の甘みが増すからだ。

野菜を蒸らしている間に、糸花はサラダ用の生野菜を洗った。

「どんな内容の夢なの？」

「海で溺《おぼ》れてふと下を見ると、暗い水底に無数の手が揺らめいている。俺は、その手に足を掴《つか》まれて引きずり込まれていく」

「うわぁ……」

霜の夢は下手な怪談より怖かった。眠りたくなくなるわけだ。

「いつも同じって変だね。私は、同じ夢を二回見たことはないよ」

「お前の場合は、起きたら綺麗さっぱり忘れているだけじゃないのか」

「なんで分かったの！」

「顔に出ている」

料理の頃合いを見計らって席を立った霜は、キッチン収納から深皿とプレート皿を二枚ずつ取り出した。しばらく使っていないようだったので、一度洗ってから蒸らしていた野菜と肉を入れる。

レタスのサラダと、朝食用に買ってあったロールブレッドは、プレート皿の左右に載せてワンディッシュ風の盛り付けにした。

シチューは鍋ごとテーブルの中央に置いて、先に具材を入れた深皿に熱々のソースを流し込む。その上に、乾燥パセリを振りかければ完成だ。

「どうぞ、召し上がれ」

座った霜の前に、ほくほくと湯気が立つシチューを出した糸花は、彼の向かいに座って両手を合わせた。

「いただきます！」

「……いただきます」

霜も手を合わせた。

とろみのあるソースをスプーンで一口食べると、バターと牛乳のほっこりとした味わいが口の中に広がる。

「美味《おい》しい！　久しぶりに作ったにしては、うまいじゃん私！」

霜の様子を見ると、口に合ったのか黙々と食べ進めている。お腹を空かせた子どもみたいで笑ってしまったら、霜は人参をすくい上げた格好で止まった。

「何がおかしい？」

「私たち赤の他人なのに、こうして一緒にご飯を食べていると、家族になったみたいだなって思ったの。シチューのＣＭでよくあるじゃん。家族みんなで食卓を囲んで、幸せそうにおんなじ料理を食べるシーン」

「家族、か……」

霜は、わずかに表情を曇らせた後、人参を口に入れた。

「俺にとってもシチューは家族の味だ。姉がよく作ってくれていた」

「お姉さんって、響子さんと同級生だったっていう？」

「ああ。春佳《はるか》という名前で、春風みたいに温かな人だった。両親は葬儀社の仕事で多忙だったから、俺は姉に育てられたようなものだ」

話す霜の表情は穏やかだ。春佳に懐いていたのが手に取るように分かって、糸花の心も温かくなる。

「人との接し方や物事の善し悪しは、全て姉が教えてくれた」

「良い人なんだね」

「そうだな。だが、料理はあまり得意ではなくて、ルーで作れるカレーやクリームシチューをよくこしらえていた。俺は、それが好きだった……」

姉のシチューは、ソースで材料を煮込んだ簡素なものだったと、霜は語った。

「それ、ルーの箱の裏に書いてある基本の作り方だよ。シンプルだけど美味しいんだよね」

「………」

パンを頬張《ほおば》った霜が無言で見つめてきたので、糸花は首を傾《かし》げる。

「なに。言いたいことがあるなら言って」

「また、作ってくれないか？」

霜の方からねだられたのが嬉しくて、糸花は大声で答えた。

「作るよ！　他に食べたいメニューがあったら何でも言って！」

「そうか……。ありがとう」

霜は、目線を外して、ふっと微笑《ほほえ》む。

柔らかな笑顔の破壊力に、糸花は握っていたスプーンを落としそうになった。

（なに、今の⁉）

クールな上司の意外な一面に、ドッドッと鼓動《こどう》が騒ぐ。

料亭並みの和食でも、お洒落《しゃれ》なフレンチでもない。お手軽クリームシチューで、こんなに喜ぶ男性がいるとは……。

（落ち着け、私。百パーセントの善意で同居を許してくれてる上司に、恋なんかしたら居たたまれない！）

自分がそういう対象として見られていないことくらい、糸花にだって分かる。

霜にとって糸花は、嚙《か》みつかないペットみたいなもの。

それ以上は、糸花も望まないのが正解だ。

感情を持たないロボットになったつもりで、ぎこちなくサラダを口に運んでいると、霜の方から問いかけてきた。

「お前は、どんな家庭で育ったんだ？」

「わ、私？」

糸花は、フォークの先にミニトマトを刺して、ううむと考える。

「どこにでもある平凡な家だったよ。一人っ子で、おじいちゃんとおばあちゃんとお父さんとお母さんがいて、小学校から大学まで全部公立。社長令息だった霜さんと違って、庶民中の庶民です」

「そのわりに変わっているな」

「私が？」

きょとんとすると、霜に呆れられた。

「自覚がないのか。思い切りが良すぎるというか、前後不覚になるというか、猪突《ちょとつ》猛進《もうしん》な性格をしているだろう。大学を中退してファッションの道に進み、親御さんから勘当されていることもそうだ。お前が言うところの普通の庶民であれば、決められたレールから自ら外れようとはしなかったんじゃないか」

霜の分析が的を射ていたので、糸花は、がっくりとうな垂《だ》れる。

「生まれつきの性格なのかな。好きになると周りが見えなくなっちゃうんだ」

幼稚園に通っているときからそうだった。大好きな保育士の先生に早く会いたくて、早起きして朝一番に登園していた。

小学生のときは、体操クラブでフラフープにはまり、宿題そっちのけで運動ばかりして成績が急降下した。中学では、男性アイドルグループに夢中になり、少ないお小遣いを注ぎ込んで特典違いのＣＤを集めていた。

「色々とはまったけど、人生をかけてやってみたいと思ったのはファッションだけだよ。恋人だったデザイナーへの憧れからきた気持ちだった。でも、大学を中退するって決めたときは、少しも迷わなかった。今もその選択は後悔してない。まあ、失恋した今は、情熱もそこまでって感じなんだけどね」

てへへと笑う糸花を、霜は笑ったりしなかった。

「後ろを振り返らないところが、お前の強さなんだな。俺とは正反対だ」

「霜さんこそ、後悔なんてしなさそうだけど」

「後悔ばかりだ。俺の人生は」

霜が口を閉じると、沈黙が流れた。

後悔なんて触れづらい話題を広げられるほど、糸花のメンタルは強靱《きょうじん》ではない。

でも、何も話さない無音も辛い。

「そうだ！　高台のスーパーに行ったら、ちょうどタイムセールが始まったの。今日はジャガイモが山積みになっててね――」

わざと話題を変えると、霜は素っ気なく相づちを打ってくれた。

とりとめのない話を続ける内に雰囲気は軽くなっていき、「ごちそうさま」がむず痒《がゆ》く聞こえる程度には打ち解けた。

この日を境に、糸花と霜は時間が合った日には食事を共にするようになった。


お葬式は切ないものだが、そういう雰囲気にならない場合もある。

六月の半《なか》ば、寒くも暑くもない日に、早月葬儀社へ入った案件がそうだった。

「大きい葬儀になる。糸花も手伝いに来い」

霜に言われて黒いスーツを着た糸花は、いつものセレモニー会館ではなく、ホテルの大宴会場に連れれて行かれて驚いた。

「響子さん。早月葬儀社って、パーティーの設営もやっているんですか？」

「うちは腐《くさ》っても葬儀社よー。ここで行われるのはご葬儀！」

「でも、年始会をやるみたいな雰囲気ですけど……」

スーツ姿のホテルマン達は、大きなシャンデリアの下がる会場に椅子を運び入れ、白いクロスをかけたテーブルを置き、和風のライトをセッティングしている。

「規模が大きいからお葬式って感じは出にくいけど、本職としては嗅覚《きゅうかく》が騒ぐ現場よー。ほら、あやしい香りがしてきたでしょう……？」

響子が鼻を動かして、くんくんと空気を嗅《か》ぐ。

糸花も同じように息を吸ってみたが、花が薫るばかりだ。

「花のいい匂いしかしないですよ？」

「ふふん。お花の匂いーで終わるのは素人よ。その出所をよく見てー」

瞳を光らせた響子が見る壁際には、白い花びらが連なる巨大な鉢植えが、背比べするどんぐりのようにずらりと並べられていた。

「胡蝶蘭《こちょうらん》ですね。供花として、よくご葬儀でも見ますけど……」

「ただの花と侮るなかれ！　胡蝶蘭は、一株数万から数十万はするんだからね！　しかもご葬儀で使われるのは、白あがりっていう白一色の大輪が基本で、上品な分お値段もするわけ。鉢の数とホテルのレベルから察するに、故人様は業界でも名の知れた会長レベルの大物。霜ちゃんの売り込みによっては、かなり豪華になるわ。オプションもマシマシ。腕が鳴るわー！」

「拳《こぶし》を鳴らさないでください、響子さん」

係員から人数分の入館証を受け取った霜は、各人に渡しながら釘をさした。

「我が社は、どんなプランのご葬儀も誠心誠意をもって執り行うのが社風ですよ。金額でやる気を変えられては困ります」

早月葬儀社は、葬祭プランの料金を明確に打ち出している。

基本的なお葬式が営める三十万円のコースから始まり、棺《ひつぎ》や副葬品、故人に着せる衣装を選択できる四十万円コース。役所への届けなども請け負う五十万円コースがある。

その上の六十万円台になると、霜が一からプランニングを行う。故人に合わせた演出や展示などを盛り込み、参列者が思い出話に花を咲かせられる、特別仕様の式になる。

ちなみに、祭壇にあげる饅頭《まんじゅう》や灯籠《とうろう》、枕飾りや位牌《いはい》、都度あげる白木膳《しらきぜん》、花代などは別料金だ。各宗派によって、必要なものが異なるためである。

さらに豪華な棺や祭壇を望む場合には、コース料金にオプション金額が上乗せされていく。

他にも、参列者の食事代や宿泊代、火葬場までの送迎バス代なども捻出《ねんしゅつ》しなければならないので、葬儀代金は百万円以上かかることもザラだ。

葬儀と披露宴は、家の次に高額な買い物とも言われている。

参列者が不祝儀袋《ふしゅうぎぶくろ》に入れて渡す香典《こうでん》は、故人への哀悼《あいとう》の意を示すと共に、遺族の金銭的負担を減らしたいという思いやりから生まれた文化なのである。

「二人とも、あまりはしゃがないように。俺は、ご遺族に挨拶してきます」

霜が宴会場から出て行く。

入れ替わりで出入り口に現われたのは、藍染めのエプロンを締めた平太だった。

彼は、会場に糸花と響子の姿を見つけると笑顔で走り寄ってくる。

「響子さんと糸花さん！　お疲れっス！」

「お疲れ様です、平太さん。お仕事ですか？」

「そうなんスよ。近隣の花屋総出で、花祭壇に使う花を朝から運びっぱなし！」

平太は、白い菊で満たされたバケツを傾けて見せてくれた。

「亡くなったのは、弔井町の再開発事業を行ってた土木建設会社の会長なんス。濱《はま》崎《ざき》興業の濱崎 長治《ちょうじ》といえば、業界で知らない人のいない有名人なんスよ。おかげで供花の配達注文もおびただしい量になっちゃって」

「それなら社葬になるかもしれないわねー」

「社葬って、なんですか？」

物知らずの糸花に、響子は「お姉さんが説明してあげる」と人差し指を立てた。

「例えば経営者が亡くなった場合、仕事で関わった会社の代表が参列するでしょう？　会社の規模が大きければ大きいだけ顔が広いから、参列者は大量になるわ。いくら葬儀社が裏方として動いていても一家族では対応が難しくなるわよね。そういうときは、先に密葬を済ませて、会社がメインのご葬儀を取り仕切るの。これを社葬って言うのよー」

「社葬って、家族と親類だけのご葬儀とはまったく違うんスよ。だからこそ、怖いこともわんさかあるんスよね……」

「そうなのよねー……」

平太と響子が暗い表情になったので、糸花は怪訝《けげん》に思った。

「怖いことって、何が起きるんです？」

「そっか。糸花さんは、社葬ルーキーだから知らないんスね」

顔に陰を落とした平太は、夏になると現われる怪談師のように声を震わせた。

「社葬って会社のメンツがかかってる分、しきたりに厳しくなるんスよ……。花屋の仕事でいうと、供花の位置は祭壇に近い場所が上座になるから、会社との関係が強い順に並べないといけない決まりなんス。とある都市伝説では、重鎮《じゅうちん》からフラワースタンドを頼まれた花屋が、誤って出入り口に近い下座に置いたせいで、会社は仕事を打ち切られて潰れ、担当した葬儀社もなくなって、その花屋自体も廃業に追い込まれたって……」

「やだー！　こわーいっ‼」

ムンクの叫びのように手を頰に当てる響子を見たら、糸花は気が抜けてしまった。

「人為的なミスの話じゃないですか。私は、サスペンス的なごたごたかと思いました。多額の遺産をめぐって連続殺人が起きるとか」

「それは二時間ドラマの見過ぎねー。たまに遺産相続でもめるご遺族もいるけど、そういうときは霜ちゃんが、絶対零度の威圧で黙らせちゃうから平気よー」

「なぜだろう。すんなり想像できます……」

醜《みにく》く争う遺族を黙らせるため、場を凍り付かせて葬儀を進める霜。参列者は、蛇に睨《にら》まれるより怖ろしい思いをしただろう。

想像していると、白髪をほんのり紫に染めた婦人が会場に入ってきた。帯を低めに結んで衣紋《えもん》をぐっと抜いた着こなしからは、上品さがにじみ出ている。

だが、糸花の目に留まったのは、婦人ではなく焦り顔で彼女を追っていく霜の方だった。

「お部屋でお待ちください。聡美《さとみ》様」

「待っていたら、あの子に勝手に進められてしまうでしょう。マイクを」

ホテルマンからマイクを渡された聡美は、祭壇の手前で会場へ呼びかけた。

「皆、ご苦労様。あの人の葬式は、家族葬にすると決めました。会社には一切関わらせません。ここまでさせて悪いけれど、すぐに撤収してちょうだい」

会場のあちらこちらがざわつく。響子はがっかりと肩を落とした。

「ええー。社葬はなし？」

「みたいっスね」

「霜さんに事情を聞きましょう」

糸花達が祭壇に近づいていくと、眼鏡の男性に追い越された。

仕立てのいいスーツを身に着けた男性は、聡美からマイクを奪い取って、同じように会場へ呼びかける。

「撤収はなしだ。そのまま準備を続けろ。これは社長命令だ！」

叫ぶなり、男性はマイクを外して聡美に食ってかかった。

「母さん、勝手なことをしないでください。亡くなったのは会長なんですから、会社でやるのが筋でしょう！」

「馬鹿を言わないでちょうだい、秀司《しゅうじ》。あなたは社長である前に、あの人の息子でしょう。仕事人間だったあの人を、最期《さいご》くらい家族で見送りたいと思わないの？」

聡美は故人の配偶者で、秀司はその息子らしい。

糸花は、霜の絶対零度爆発かと心配したが、彼は冷静に二人の仲立ちをしようとしている。

「ご葬儀について、今一度ご相談されてはいかがでしょう。ご家族がいがみ合った状態では、故人様が安心して旅立たれません」

霜の提案を、秀司は「葬儀屋ごときが口を出すな」と一蹴した。

「こっちは顧客だぞ。身のほどを弁《わきま》えて発言しろ」

「秀司、霜ちゃんを脅《おど》すんじゃありません。うちは昔から、早月さんのところにお世話になっているのよ。失礼なことをしたら親子の縁を切りますからね」

母の威厳を見せる聡美を、秀司は鋭く睨みつけた。

見たかぎりでは、親子関係は良くないようだ。

「聡美様、私のことはどうかお気になさらず。会場が混乱していますから、お話は控え室で致しましょう。お二人ともこちらへ」

説得されて二人は歩き出した。霜は、すれ違いざまに糸花の手にメモを握らせ、耳元に口を寄せて、かすれた声で囁く。

「頼んだぞ、糸花」

ドキリとして糸花は硬直した。霜は、そんな糸花を一瞥《いちべつ》して離れていく。

いつまでも固まっている糸花を、平太はきょとんとした顔で見下ろす。

「糸花さん、顔が真っ赤っスよ？」

「霜さんに、急にメモを渡されてびっくりしちゃって、あは、ははは……」

「メモって何──？」

「これです」

響子と共にメモを覗き込んだ糸花は、走り書きされた文字を読み取った。


──鹿鳴堂《ろくめいどう》の金箔《きんぱく》カステラ長治、一本。


糸花と響子は、同じタイミングで首を傾げる。

「買い出しメモですね。どうしてカステラが必要なんでしょう？」

「お茶菓子を切らしてるなら、ホテルの人に頼むわよね。何にせよ、買い出しに行かないと。でも面倒ね。このカステラ、駅の近くにある物産館まで行かないと買えないのよー」

「んじゃ、オレが運転して連れていくっスよ！　家に花を取りに戻るついでに！」

平太は、エプロンで拭《ぬぐ》った手で、響子の手を取った。

「行きましょう、響子さん！」

「えー。なんで、あたし？」

「糸花さんは後学のために会場で勉強したいって。そうっスよね？」

平太が片目をつむって合図してくる。

片思い中の平太にとって響子と出かけられるチャンスは貴重だ。ここは気を利かせて二人きりにして、といったところか。

恋する人の燦然《さんぜん》たるオーラに、糸花は否応なく頷くしかなかった。

「……はい。買い出しは、響子さんにお願いできますか？　私は霜さんの手伝いをしてますから」

「分かったわ。ほら、行くわよ。平太わんこー」

「はーい！　行ってきまーす！」

嬉しそうな平太と響子を見送った糸花は、遺族の控え室に向かった。

ピリピリした空気が漂う部屋には、会議用の簡易テーブルが正方形を描くように並べられている。

入って左手側には聡美が、右手側には息子の秀司が座っていたが、お互いにつんとした顔を背けていて会話はない。

出入り口付近で二人を見守っていた霜は、入ってきた糸花にすぐに気づいた。

「買い出しには行かなかったのか？」

「響子さんと平太さんが行ってくれた。故人様は、ここにはいないの？」

「うちで預かっている」

「えっ？」

糸花は驚いてしまった。二階の空き部屋にでも寝かせているのかと思ったが、一階の奥に専用の別室があるらしい。

「知らなかった……」

「知らせなかったからな。故人様は『葬式について家族が合意するまで遺体を渡すな』と遺言書に書き残していた。それと、あの指示も――」

霜が台詞をためる役者みたいに目を伏せたので、糸花は不穏に思う。

「どうしたの？」

「……どうもしていない。遺言書を作っている間、故人様はお辛かっただろうと、思いを馳せただけだ」

終活ブームによって、自分が死んだ際に、どういった葬式をあげたいか考える人が増えた。遺産がある場合は、もめ事が起こらないように、相続について公正証書にしておくのも一般的になりつつある。

会長職についていた長治は、家族のイザコザを予期して準備していたのだろう。

（家族を争わせたくなかったら、どんな風にお葬式をあげてほしいかも、遺言書に書いてくれたら良かったのに）

故人の希望があったなら、霜が聡美と秀司の間に立って、手を焼く必要もなかったわけで。糸花は、つい故人を憎らしく思ってしまった。

「もう、いい加減にして」

聡美がうんざりした様子で席を立った。

「あの人は、わたしを喪主に指名したんですから、決める権利はわたしにあるはずです。会社に出しゃばってこられるのは、もうたくさん。気分が悪いから、外の空気を吸ってくるわ」

聡美は、付き人と部屋を出て行った。

テーブルに肘をついた秀司は、頭を抱えている。

「話し合いは平行線みたいだけど。ご遺族が対立している場合、霜さんはどうするの？」

「時と場合によりけりだ。今の状況なら息子の方を落とす」

「えっ！　それは止めた方が……」

糸花の引き留めを聞かずに、霜は黒いバッグを持って秀司に近寄った。

「ご提案がございます。ご葬儀の日程が定まらない場合、我が社では、ご遺体にエンバーミング処置されるようにお勧めしております」

「エンバーミング？　なんだ、それは」

「人体に対して行う防腐《ぼうふ》処置のことです。心臓が止まった瞬間から体は変容していきますが、この処置をすれば腐敗を抑えられます。長期間、眠ったようなお姿でのお見送りが可能です」

「防腐処置だなんて大げさな。どうせ変なオプションを付けて、大金をせしめようって腹だろう。葬儀屋の考えそうなことだ」

秀司は、ずれた眼鏡を指で上げた。

横柄《おうへい》な態度は、あからさまに霜を見下している。

「母さんは情に惑わされやすいが私は違うぞ。お前らみたいに、人の悲しみにつけ込む奴らには騙《だま》されない」

「霜さんに何てこと言うんですか。私達はご遺族を騙したりしません！」

酷《ひど》い言い草だったので、糸花は声を荒げた。

この秀司という男は、葬儀社の人間を火事場泥棒のように思い込んでいる。

「霜さんが、どれだけ真剣にご葬儀を執り行っているのか知らないくせに、勝手なことを言わないでください！」

「糸花」

霜に肩を掴まれて、糸花は我に返った。

見れば、霜の眉が少し下がっている。力になるつもりが困らせてしまった。

「ごめんなさい……」

「いや、いい。秀司様、弊社の者が失礼致しました。エンバーミングの説明に戻らせていただきます」

「必要ない」

席を立とうとした秀司の肩を、霜は両手でぐっと押さえつけた。

「？　なんだ」

「詳しく聞いていただかなければ、故人様が浮かばれません」

冷たい声だった。どんなときでも礼を失しない霜が、遺族に反抗している。

「秀司様は、九相図《くそうず》というものをご存じでしょうか」

霜の手で元通り座らされた秀司は、しぶしぶといった様子で答える。

「日本画だろう。屋外に捨てられた女の死体が、朽《く》ちて土に還《かえ》っていく経過が描かれている、グロテスクで趣味の悪い絵だ」

「グロテスクなのは、修行僧の煩悩《ぼんのう》を払うためです。どれほど美しい女性でも死ねばこうなると教えるための仏教絵画ですから、見ていて気持ちのいいものではありません。九相図は絵ですが、そこに描かれている変貌《へんぼう》の様子は現実と同じです。長治様のご遺体にも、これから同じことが起こっていきます」

「なに……」

秀司は、ゾクリと怖気だった。真後ろに立った霜は、修行僧をぴしゃりと叩く師のように容赦ない。

「長治様のご遺体は、死後硬直に見舞われています。関節は強張り、血液が重力に従って背中側に溜まるせいで、顔は蒼白に変わっているでしょう。細胞同士の結合が解けていくので、いずれ表皮は少し触れただけでもずり剝《む》けるようになります。柔らかくなった肌が熟れた桃の皮のように剥けるのを想像してください。やがて遺体は、異臭を放ち、蛆《うじ》が湧き、蝿《はえ》が表面を覆い尽くす……」

「お、おお、脅しているのか、貴様！」

「脅しではありません。事実です。火葬してお骨にしてしまわなければ、人は必ずそうなるのです。どんな偉人だろうと、どれだけ人に愛されようと、必ず」

霜の言葉は淡々としている。それが余計に、実際に変貌していく遺体を見たことがあるのではないかと思わせた。

「腐敗したご遺体は、感染症の原因となるウイルスを撒《ま》き散らします。いくらドライアイスや冷蔵室で対処しても、朽ちるのは止められません。早く決断しなければ参列される全ての人に危険が及びます。そうなった場合、あなたや会社が責任を取れますか？」

「だ、だが、母さんがごねていて……」

「どんな風に故人様を見送るかは、お二人で納得するまで話し合うべきです。どちらかの意見を押し通せば、ないがしろにされた側の心に禍根《かこん》を残しますから。相談する時間を稼ぐためには、エンバーミング処置を施す以外の方法はもはやありません」

そこまで言ってから、霜は秀司の前に一枚の紙を出した。

遺体への防腐処理を一任する他、処理で必要な部分以外に損壊《そんかい》を与えないなどの取り決めが、細かく規定されている。

「これはエンバーミング処置に関する同意書です。処置は、ご遺体に手を加えるので、ご遺族の許可がなければ行えません。本来ならば喪主様を中心にご説明するところですが、聡美様は恐らく、この話題には耐えられないでしょう……」

秀司は、震える手で同意書を持ち上げた。

「その処置は、法には触れないいんだろうな」

「触れません。エンバーミング処置は、ご遺体の保全を目的にした準医療行為であって、損壊するのが目的ではありませんから。日本の法律では、亡くなってから二十四時間以降でなければ、埋葬も火葬も認められていませんが、荼毘《だび》に付すまでの期日はないのです。エンバーミング処置の基準を設けている日本の団体は、亡くなってから五十日以内の火葬を規定しています。逆に言えば、処置をして適切に管理していけば、五十日は安全が保たれるということです」

「どこで処置をするんだ？」

「我が社の安置所で、私が行います。アメリカに渡ってエンバーミング技術を学びましたのでご安心ください。そのために、早月葬儀社には必要な設備と薬品が備わっています」

「……親父の体がおかしくなったら許さないからな」

秀司は同意書にサインを入れた。

それを両手で受け取った霜は、深く頭を垂《た》れた。

「承知しました」

ホテルの裏玄関を出た糸花は、日差しの眩《まぶ》しさに目をすがめた。

「晴れる日は多いのに、なかなか暑くはならないね」

関東では連日のように夏日が続いているようだが、東北の夏の気配はまだ遠い。

一年の半分を半袖で過ごしていた糸花は、肌が火照《ほて》るくらいの暑さが待ち遠しかった。

一緒に表へ出た霜は、車のキーをポケットから取り出しながら言う。

「この辺りには、やませが吹く。寒流の潮で冷やされた空気が流れ込むから、寝苦しいほど暑くなるのはまだ先だ。根深い寒さで稲が育ちにくいため、この辺りは畑作が多い」

「野菜農家さんが多いのって、そういう理由だったんだ」

弔井町では、青々とした田んぼは高台のさらに奥の段々地で見られる程度で、平野のように何十ヘクタールも米作りをしている土地はない。

農地の多くは畑で、採れた野菜のお裾分けが、たまに早月葬儀社にも届く。

駐車場に向かった糸花は、ホテルのそばに作られた薔薇《ばら》園のベンチに腰かける聡美を見つけた。

付き人の姿は見えず、一人きりでうな垂れている。

「霜さん。先にエンジンかけて待っていて」

糸花は、聡美のもとへ向かった。

薔薇園は花盛りで、世界中から集めた三百種もの薔薇が、赤や黄色、白といった花々を咲かせている。

「大丈夫ですか！」

柔らかな土を踏んで近づいていくと、ぐらりと聡美の体が傾いだ。

糸花は慌てて体を支える。聡美は、朦朧とした様子で顔を上げた。

「あなたは……」

「早月葬儀社の朝川糸花です。ひょっとして、体調を崩されていませんか？」

ファンデーションを塗って隠しているが、聡美の顔色は酷くくすんでいた。首も大分痩せこけている。

聡美は、帯に挟んでいたハンカチを抜いて、口元に当てた。

「崩しているのかしら。あの人が倒れてから、ずっとこんな風なのよ」

長治は、一カ月前に脳梗塞《のうこうそく》で倒れて病院に運ばれて以降、集中治療室に入っていた。本人の強い希望により、延命措置は取られずに亡くなったという。

「自分では不調を感じていないし、眠くもないしお腹も空かないわ。でもね、今みたいに一瞬、気を失ってしまったり、体から力が抜けたりするの。死亡宣告を聞いてからは頻繁《ひんぱん》に起こっていて……。人様に迷惑をかけて恥ずかしいわ」

「迷惑だなんて誰も思いませんよ。ホテルに話して、休める部屋を貸してもらいましょう」

「いいのよ。秀司に知られると、勝手に葬儀を進められてしまうもの。あら、帯から糸が」

見れば、聡美が締めている帯の緯糸《よこいと》が、表に飛び出していた。

和服は、洋服のように短いスパンで着潰《きつぶ》すものではないため、生地の傷みや刺繍の綻《ほころ》びは、その都度、手入れや修繕をしていかなければならない。

「よかったら、私が直します」

糸花は、バッグから持ち運び用の裁縫セットを取り出した。いつ何があってもいいように、普段から持ち歩くようにしているのだ。

「じゃあ、お願いしようかしら。着たままでいい？」

「はい。針を使うので、動かないでくださいね」

まず、飛び出した緯糸の先を切り揃える。短い針に細い絹糸を通し、ループにして飛び出した緯糸に引っかける。これを帯の中に引き込むように刺して、強めに引っぱり絹糸を抜けば、緯糸が生地にもぐり込んで馴染むのだ。

「これで大丈夫ですよ。この帯、大切に使っていらっしゃるんですね。補修された跡がいっぱいあります」

　近くに寄らないと分からないが、綻びに内側から布をあてがって補修した箇所がいくつもあった。

　聡美は、照れたように笑って、節の目立つ手で帯を撫《な》でる。

「これね、若い頃にあの人が贈ってくれたものなの。当時は、会社も小さくて経済的に裕福とは言えない状態だったけれど、お小遣いをためて買ってくれたのよ。わたしの宝物なの」

　長年寄り添った夫婦というのは、言葉にしなくても相手への愛情が伝わるというが、彼女の表情には感じ入るものがあった。

「すっかり元通りだわ。あなた、お若いのに針がお上手ね。近頃の子は、浴衣も縫えないっていうのに」

「服飾の専門学校に通っていたんです。好きだったので夢中で覚えられました」

「好きって大事よね。あなたと話して気が紛れたわ。ありがとう」

　付き人がペットボトルのお茶を抱えて薔薇園に入ってきた。糸花は「無理はしないでくださいね」と告げて、霜が回してきた車に乗り込む。

「窓から見ていた。聡美様はどうだった？」

「体調が万全ではないみたい。不調は感じていないけど、昼間なのに気が遠くなったりするんだって。病気とかじゃないといいけど」

「………堪えているのかもしれない」

霜は、噛みしめるように呟いて、ハンドルに片手をかけた。

「シートベルトを締めろ。事務所まで戻る」


霜と糸花は、死亡診断書のコピーと遺族の同意書を持って、早月葬儀社のビルに戻った。

事務所の入り口がある表側ではなく、建物の裏手へと連れて行かれる。

「こんなところにご遺体の安置所があるなんて、気がつかなかった！」

外から見た建物の奥行きに対して、エレベーターまでの距離が近いとは思っていた。けれど、まさかその奥に、遺体安置所があるとは誰も思わないだろう。

「衛生面の問題で、事務所からは入れないようになっている。駐車場を通って裏手に回らなければ入り口は分からない。お前は事務所にいろ」

「嫌だ！　私だって早月葬儀社の一員だよ。何が行われるのか、ちゃんと知っておきたい」

糸花が強気でいると、霜は根負けして溜め息を吐いた。

「中で倒れるなよ。医療廃棄物として処理されたくなければな」

霜が壁に据付けられた電子盤を操作すると、車が二台並んで通れそうな大型の自動シャッターが開いていく。

現われたのは、コンクリート敷きの駐車場だ。

霜は、駐車場の隅にある小部屋に向かった。

「この部屋で防護服を着て、マスクと医療用ゴーグルとゴム手袋をはめる。次に、エアシャワー室を通過して安置所の前室へ移動する。メインルームには、劇薬指定薬物を保管しているから、俺の生体認証がないと入れない」

短く説明して、霜は一つ目の部屋に入っていった。

糸花は、見様見真似で服の上に薄手の防護服を重ねた。衛生マークが付いた水色の医療用のものだ。

エアシャワー室を通って前室に出ると、霜は自動ドアの脇に設置された箱形の機械に目を合わせた。スキャナ光線が上下に動いて虹彩《こうさい》を解析する。

ドアのロックが解除され、自動ドアが左右に開き、室内に照明が灯《とも》った。

「わあ……」

視界に広がったのは、手術室のような一室だった。

遺体安置所と聞いていたけれど、遺体もなければ祭壇もなく、線香の匂いもしない。

　円形の移動式ライトが中央に置かれていて、作り付けの棚には薬瓶が大量に並んでいる。二本のゴム管が伸びるコンプレッサーにはモニター画面まで付いていた。最奥の壁の下半分は、九十センチ四方の扉で埋まっている。小型の冷蔵庫を積み重ねて並べたら、ちょうどこんな風に見えるだろう。

　部屋の隅からストレッチャーを引いてきた霜は、冷蔵庫群のちょうど腰辺りの扉のロックを外して、両手で引き出した。

　ストレッチャーに重なるようにスライドレールが伸びて、大きな黒いビニール包みが現われた。

「これは……」

　まさかと思う糸花に、霜は素っ気なく告げる。

「故人様だ。包んでいる納体袋は、ご遺体を安全に運ぶために適した素材でできている。我が社では、警察でも採用されている抗ウイルス性能がある品を使用している」

「そうなんだ……」

　保全に適していると言われても、遺体が物のように袋に入れられているというのが、糸花には衝撃だった。

霜は、納体袋をストレッチャーに移し、中央に運んで円形ライトで照らし出す。

「エンバーミングには薬液を使う。防腐剤と細胞同士の結合を固定する薬剤、血色を良くするための色素と抗菌水を、故人様に合わせて調合したものだ。今回の故人様は大柄なので、お体の大きさに合わせて、六リットルほど作る」

コンプレッサーを起動させている間に、棚からいくつかの薬瓶を選び取り、台に乗せたビーカーで調合していった。調合した薬液は抗菌水と共に、ビニールバッグに入れてコンプレッサーに取り付ける。

そこまで準備してから、霜は納体袋のジッパーを下ろした。

中から真っ白な顔の老人が現われる。

霜が手を合わせたので、糸花も彼にならった。

「お待たせしました、長治様」

今際の際に苦しんだのか、長治の表情は強ばっている。眉間に刻まれた皺《しわ》や、頬に走るマリオネットラインが、生前の苦労をしのばせた。

聡美が愛した人の亡骸《なきがら》だと分かっていても不気味だ。

「これから、お顔色をよくする処置をさせていただきます」

霜は生者にするように呼びかけた。

丁寧な対応は遺族に対するものと変わらない。

霜がステンレスの作業台からメスを取り上げたので、糸花はぎょっとした。

「な、何をするの？」

「鎖骨の下を切開してゴム管を挿入し、動脈に薬液を流す。コンプレッサーが心臓と同じ働きをして体中に薬液を行き渡らせ、体内で滞っている血液は静脈を通って体の外に排出される。さらに腹部に管を通して、胸腔《きょうくう》や腹腔《ふくくう》に残った残留物を吸引して防腐剤を詰める。損傷が見られたり過度に痩せ細ったりしている場合は、シリコンで補修したりもするが今回は必要ないだろう。感染症の危険を防ぐため、処置に使った全ての器具は医療廃棄物として処理する」

ゴム手袋をはめた霜の指が長治の首元を探り、すっとメスを下ろした。

肌が切れる、プツリという音が耳に飛び込む。

それと同時に、糸花の全身が怖気《おぞけ》だった。

「うっ！」

もう限界だ。糸花は、吐き気を抑えながら安置所を飛び出した。

前室のドアに背を付けて、ムカムカする胃が飛び出ないようにうずくまる。

（……気持ち悪い）

故人が先日までは生きていたことも、感染症の危険から生者を守るためにエンバーミング処置が必要だということも理解している。

けれど糸花は、遺体を拒絶する気持ちを抑えられなかった。

納棺師でもある霜は、平然と遺体を着替えさせているけれど、糸花では掛け布団さえ持ち上げられないだろう。

（私、心のどこかで、故人様を汚いって考えているのかもしれない）

自分の中にある偏見に気づいて、糸花は落ち込んだ。

これまで、故人や遺族を思いながらミシンをかけてきた。そうすることで、自分は慈愛に満ちた人間なのだと信じていられたし、自分が作った衣装が死装束に活用されるたびに誇らしい気持ちになった。

早月葬儀社の一員として、死に対する心構えができていると思っていたのだ。

実際は、まったくなっていなかったというのに。

逃げるように小部屋に戻り、防護服を脱いで手を念入りに洗っていると、目から涙があふれ出てきた。

「こんなんじゃ、早月葬儀社の人間失格だ」

床に崩れ落ちてぼろぼろ泣いている内に、霜が入ってきた。防護服や手袋は処分したらしく、黒いタイを結んだシャツ姿だ。

「処置は終わった」

「はい……」

そう言うのが精一杯だった。

上着を着た霜は、糸花の前にしゃがみ込む。

糸花はきゅっと体を縮めて萎縮《いしゅく》した。怒られると思ったのだ。

恐らく「故人様のことを何だと思っている」と叱責されるんだろう。

しかし、霜は糸花を叱りはしなかった。

「どうして泣いているんだ？」

その声は、幼い子どもに話しかけるように柔らかい。

「……私、故人様のご遺体を気持ち悪いって思っちゃったの。早月葬儀社を信頼してくれているお客様なのに、酷いよね……」

自己嫌悪する糸花の頭に、霜は手を伸ばした。

だが、手は触れることなく宙で止まる。

「ご遺体に触れた俺も、気持ち悪いか？」

糸花は、目の前に浮かんだ霜の手を見つめた。

大きな手の平と長い指は綺麗だ。けれど、先ほどゴム手袋越しに遺体に触れていた手だと思うと、どうしても受け入れがたかった。

「ごめんなさい……」

素直に答えると、霜は腕を下ろした。

「お前の反応は正常だ。自分を責める必要はない」

「でも、葬儀社の人間としては、ふさわしくないよ」

「仕事が何であるかの前に一人の人間だろう。嫌悪感というものは、人間が自分の命を守るために備えている感情だ。腐敗した匂いを臭いと感じるのも、表面が溶解した物を見て鳥肌が立つのも、危険な菌を有している可能性がある物体に近づかないためだ。理屈ではなく、逃げたくなるように遺伝子の中に刷り込まれている。人間なら誰だってそうなる」

霜の説明は分かりやすい。だが、自罰的になっていた糸花は納得できなかった。

「誰だってそうなるなら、どうして霜さんは平気なの?」

「俺は、すでに壊れている」

霜は、片膝をついて目を伏せた。丸めた背は寂しげだが、故障している箇所なんかない。

「壊れているって、どこが?」

「自分でも分からない。気づいたらこうなっていた」

まるで他人事みたいな口調に、糸花は返す言葉が見つからなかった。

「……ここにいたら気が休まらないだろう。出るぞ」

しばらくして立ち上がった霜は、糸花と付かず離れずの距離を保ったまま表に出て、再びシャッターを下ろして鍵をかけた。

故人の遺体は、葬儀の詳細が決まるまで、早月葬儀社に安置するのだという。

糸花と霜は、事務所で書類をまとめて再びホテルに戻った。

遺族用の控え室に入ると、金箔が載ったカステラとお茶が振る舞われていた。

響子と平太が、ニコニコしながらお茶を注いで歩いている。

甘味に舌鼓《したつづみ》を打っていた聡美は、霜を見て顔色を明るくした。

「霜ちゃん、差し入れをありがとう。このカステラ、あの人がよく食べていたのよ。知っていたの？」

「存じ上げませんでしたが、私の祖父の好物だったので、品名が故人様のお名前と同じだと覚えていたのです。もしかしたら、長治様もお召し上がりになっていたのでは、と思いまして」

「大当たりよ。あなたは凄《すご》いわね」

「恐縮《きょうしゅく》です」

秀司は、聡美が座るのとは別のテーブルで、難しい顔をしながらカステラを食べていた。

彼にも声をかけた霜は、弁護士から預かっていた遺言書を広げた。

「長治様は、葬儀は反対する者がいない方法で行うように、と書かれています。会場の設営が止まってホテル側が困っているようですが、お二人は対立されたままですか?」

「ええ。この馬鹿息子のせいでね」

「母さんが分からず屋のせいだ」

家族喧嘩再発の様相に、今度は霜も強気に出た。

「お二人が歩み寄らないとおっしゃるなら、こうするしかありません」

霜は、手にしていたファイルを開いて、取り出した書面をテーブルにバンと出した。手漉きの和紙を使った手紙だった。

達筆すぎる筆文字の記名は、

——濱崎長治
紛れもなく、故人が書き記したものだ。

「これは、長治様が弁護士に預けておられた遺言書の一部です。『妻と息子が諍《いさか》いを起こすようであれば葬儀は必要ない』と直筆で記されています。続けて、こうも書かれています。『——家族が争うような事態を招いた己の不甲斐なさは、死してなお恥じるべきものである。葬儀をあげてやるような人間ではない。よって、葬儀は執り行わずに、火葬と納骨を行うものとする――』これが、聡美様と秀司様が葬儀について争われた場合の、長治様のご希望です」

「親父、そんなことを書き残していたのか……」

秀司はぐっと顔を歪《ゆが》めた。

聡美もまた、白い眉を下げて困っている。

「知っていたら争わなかったわ。霜ちゃん、どうして教えてくれなかったの？」

「秘密にするよう言付かっておりました。長治様は、葬儀を執り行うかどうかの選定役に、私を指名しておられたのです」

葬儀の有無が霜に委《ゆだ》ねられていたと聞いて、聡美と秀司、事態を見守っていた糸花や響子、平太までも驚いた。

一般的には、弁護士や代理人が務めるような、重要な役回りだ。長治が霜に全幅の信頼を寄せていたと分かる。

「私が聡美様と秀司様、どちらにも肩入れせずに、話し合いでの和解を勧めていたのは、このためでした」

「霜ちゃんは、あの人の遺言に従うの？」

聡美の問いかけに、霜は目を伏せる。

「そうすることを、長治様は望んでおられます。世の中には、葬儀を出さずに茶毘に付し、遺骨を墓に納めるだけの直葬も往々にしてありますし、それを否定するつもりはありません。ですが、お勧めしたくもありません。葬儀はご遺族にとって、家族の死という大きな悲しみに区切りをつける、重要な儀式ですから」

静かな調子で告げて、霜は聡美の方を見た。

「聡美様。貴方の悲しみは、とても深くていらっしゃる。強い喪失感を抱えながら、まだ一度もお泣きになっていませんね？」

聡美は、体調が優れないはずなのに、背をしゃんと伸ばして答える。

「泣いている場合じゃないでしょう。わたしがしっかりしないと――」

「気丈に振る舞う必要はないのです。ご遺族が存分に悲しめるように、私ども葬儀社がいるのですから。秀司様、貴方はお泣きになりましたか？」

霜は、憮然としている秀司にも問いかけた。

「故人様を慕っていた部下や、これからも会社で働き続ける社員のために、社葬を執り行う考えに取《と》り憑《つ》かれて、悲しむ余裕もないのではありませんか？」

「余裕があったところで、会社を任された人間がそんな風に取り乱せない」

「取り乱していいのです。大切な家族を亡くしたんですから」

聡美に対するのと同じ態度で、霜は繰り返した。

「生きている人間は必ず死にます。人は己の絶命こそが死の本質だと捉えがちですが、それは誤りです。人が実感する死とは、家族や恋人や親しい人の死なのです。大切な人を失って初めて、人は本当の悲しみを知ります。心を引き裂かれるような悲痛に直面したとき、それを意地で止めてはなりません。喪主や遺族としての責任が負えないようであれば、葬儀社に丸投げしたっていい。どんな場合でも、我々は心を込めてお見送りします」

霜の言葉は、雪解け水が地面に染み込むように、しっとりと人々の心の奥へ響いた。

遺族は、好きなだけ泣いていいのだ。

遺された皆で悲しみを分かち合って、思い出話に花を咲かせて、大切な人がいなくなった世界で、手を取り合って生きていくための儀式。

それが葬儀なのだから。

霜は「ですから、直葬にはしたくありません」と、はっきり告げた。

「このままでは、お二人は長治様の死に囚われ続ける。吐き出せなかった悲しみは後悔となって、いずれ日常を蝕《むしば》んでいきます。私は、お二人に和解していただき、その上でご葬儀を執り行いたい。ですが、葬儀はするなと遺言が残されている以上、従わなければなりません。話し合いの時間は十分に取りましたが、お二人に歩み寄る姿勢は見られませんでした。残念ですが、濱崎長治様のご葬儀は取り止めます――」

「待ってちょうだい、霜ちゃん！」

立ち上がった聡美は、痩せた腕をテーブルに突っぱらせて叫んだ。

「わたしは、家族で心を込めてあの人を送ってあげたかったの！　葬式をあげられないなんて絶対に嫌だわ。そうなるくらいだったら、息子の案を受け入れてもいい。社葬でやって！」

「いいや。折れるのは、こっちだ！」

秀司も、テーブルに拳を叩きつけて霜に意見する。

「親父を見送れないなんてご免だ。社長としての面子も、取引相手への礼儀も、もうどうだっていい。母さんの希望を通して、家族葬にしてくれ！」

必死な様子に、糸花は胸を打たれた。

対立していても、故人を見送りたい気持ちは二人とも同じだったのだ。

霜は、すっと手紙を折り畳んで、ファイルに挟む。

「──かしこまりました。では、長治様のご葬儀は執り行う、という方針で進めて参ります。私からご提案するのは、合同葬です」

遺言書の代わりに取り出されたのは、特別葬儀用のパンフレットだった。

通夜を行わずに葬儀を一日で済ましてしまう一日葬、生活保護受給者のための福祉葬などが解説されていて、合同葬のページはもっともボリュームがある。

「合同葬とは、遺族と会社が共同で執り行う葬儀のことです。喪主を聡美様、施主を秀司様に務めていただきます。喪主と施主は、現在では混同されていますが、昔は明確に違いがありました。喪主は、故人の喪に服する代表であり、施主は葬儀を取り仕切る代表です。葬儀の上で平等に扱いますので、どちらが強い権限を持つということはありません」

糸花は、そんな方法の葬儀があったのかと驚いた。早月葬儀社に来てから複数の案件を手伝ったが、どこも家族葬が当たり前だったのだ。

それに、故人の妻と息子が争っていると聞いて、どちらか一方の希望を通さなければならないと思い込んでいた。当事者である聡美と秀司も同じだろう。

頭の固い一同に、霜は柔軟な発想力を見せつけていく。

「弔井町では骨葬が一般的です。先に荼毘に付し、葬儀は遺骨を取り囲んで行う。そのため、他の地域のように火葬に対する認識が薄くありません。私は、ここに家族葬の要素を取り込んではいかがかと存じます」

「どういうことだ？」

「火葬と通夜までは、完全な密葬の形式で執り行いましょう。合同葬の場合は、会社の関係者が加わるのが一般的ですが、遠慮していただきます。ご遺族で故人様を見送る準備を調えたその後、濱崎興行の協力のもとで、大々的にご葬儀を執り行います。これでしたら、お二人の希望は叶えられるはずです」

聡美と秀司は、救われたような顔つきで、お互いを見た。

遺族と会社が対等に葬儀に関われるのであれば、形だけでも二人の希望は通る。

夫を家族で心を込めて見送りたいと願う聡美。

父が遺した会社を前面に出して見送りたかった秀司。

それぞれの希望をすり合せた折衷案として、霜は、オリジナルの合同葬を作り上げようと言うのだ。

聡美は、目尻に浮かんだ涙を拭って微笑む。

「霜ちゃんに任せるわ。あの人が信じた葬儀屋さんだもの」

「ふん。お手並み拝見といく」

秀司も異論はないようだった。

プランの設計のため、足早に控え室を出た霜に、糸花は問いかける。

「合同葬なんて便利な方法があるなら、最初に教えてあげたら良かったのに。あれじゃ、こっちが罵倒され損だよ！」

苛立ちが収まらない糸花に対して、霜は平然としていた。

「長治様が、なぜ葬儀に関しての遺言を残しておいたか、考えてみろ」

「え？　えーと、最後にちょっとだけ家族を困らせてみたかった、とか」

「そんな幼稚な真似をするか」

霜は、はぁと溜め息を吐いた。

「俺はあの遺言から、聡美様と秀司様に歩み寄ってもらいたいというサインを受け取った。弁護士に聞いたところによると、長治様の生前から、お二人は衝突していたそうだ。長治様は、自分の死をきっかけにして、二人の溝がさらに深くなるのを危惧《きぐ》して、それぞれが自省するようなメッセージを残したんだ」

「それが、争ったままなら葬儀はいらない、だったんだね」

「ああ。遺言に従わず、お二人のこじれを解消しようと思ったのは、俺から故人様に向けての餞《はなむけ》だ。誰だって、家族には仲良くしてもらいたいだろう」

一途な霜を見ていたら、糸花は苦しくなってしまった。

見下されて馬鹿にされても、憤ることなく役目を果たした霜。それが糸花には痛かった。まるで、ハズレくじを引かされた人みたいだったから。

「あんな風に罵《ののし》られてまで、真面目に仕事をする必要ってある?」

「ある。俺はこの道で、人を救うと決めている」

即答された言葉には、霜の生き様が詰まっていた。

寝食を忘れて仕事にのめり込み、故人と遺族に寄り添おうとする精神は、頑固なまでに実直だ。

信念を持ち、仕事に人生をかける姿勢は素晴らしい。

けれど霜には、そのために不幸になってほしくないと、糸花は思った。


葬儀の間に降る雨は、涙雨《なみだあめ》とも呼ばれる。

ざあざあ降りの雨の日。

濱崎興業の会長・濱崎長治の遺体は、とむらい町セレモニー会館にあった。

集まるのは濱崎家の親族だけなので、ホテルの宴会場ではなく紫雲の間を使うのだ。

「これより納棺の儀を始めます」

黒いスーツを身に着けた霜は、故人が眠る布団のそばに膝をついた。

漆黒《しっこく》の着物をシャンと着こなす聡美、礼服をまとった秀司とその妻ら遺族は、布団から距離をとって並べられた座布団に座っている。

「結果的に、合同葬で行う運びとなりましたが、通夜までは家族葬の形式で進めさせていただきます。故人様の生前のお姿が見られるのは、これが最後です。それぞれお別れの気持ちをお伝えください」

霜の落ち着いた声は、静かな空気に溶け込むように響いた。

遺族は一人ずつ故人の手を拭き清め、霜の手で行われる経帷子へのお召し替えを目にした。布団の周りに遺族が集まって、手甲と脚絆《きゃはん》の紐を、利き手とは逆の手を使って結ぶ。

葬儀で何かするときは、生者とは逆に行う決まりがあるためだ。

旅支度を整えられた長治は、穏やかな顔つきをしている。

蒼白だった肌は血色よく、苦しげに強ばっていた表情筋は緩んでいて、エンバーミング処置の前とは別人のようだ。

霜が薄化粧を施すと、セットされた白髪やきゅっと閉じられた口元、大ぶりな鼻筋が際立った。若かりし頃はさぞ美男だったに違いない。

故人が亡くなってから、すでに七日が経っているが、遺体に変貌は見られない。

エンバーミング処置を施しているから、感染症の危険も少なく、遺族が安心して触れられる。

長治は、こうなることを見越して、霜に葬儀を託したように思えてならない。

エンバーマーの資格保持者は、この辺りでは霜を含めて数名しかいないのだ。

棺に入れる花を霜に渡された聡美は、夫の姿を見て感極まり、経帷子の胸に伏せて泣いた。

「あなた。今まで、家族のために身を粉《こ》にして働いてくださって、ありがとうございました……」

震える声で吐き出された感謝と悲しみの涙を見て、糸花は、霜が言っていたのはこれかと思った。

葬儀は、遺された者が悲しみを乗り越えるための儀式でもある。

涙を流したり取り乱したりして、感情を剥き出しにしなければ、残り続けてしまう強い悲しみが遺族にはある。

秀司を見ると、顔を歪めて涙を堪えていた。

気丈に振る舞っていた分、しっかり悲しんで故人を見送ってほしい。

(そのために、私達がいるんだから)

続けて、出棺の儀も終えて、参列者はホテルの玄関の外に集まった。

棺は霊柩車に乗せられる。

助手席には遺影を抱えた聡美が乗り込んだ。これから火葬場まで移動するのだ。

プワーと長めのクラクションを鳴らして、車は発進する。

霜は、火葬場にいく霊柩車を、頭を下げて見送った。

彼と並んで見送り、ロビーに戻った糸花は、翌日の葬儀で参列者に渡す香典返しの準備をした。

早月葬儀社の名前が入った白い紙袋に、包装紙で包んだお茶のセットを入れていく。消耗品《しょうもうひん》が良いとされているので大きめの箱でも軽いが、作業は単調だ。眠くならないように、糸花は、カウンターで進行表を確認する霜に話しかける。

「時間はかかったけど、ご葬儀をあげられて良かったね」

「本来ならば、ここまでの長丁場は避けるんだがな。今回ばかりは仕方がない」

霜が残念そうだったので、糸花は思わず手を止めた。

「葬儀が長引くと、何かまずいことでもあるの？」

「長引けばそれだけ、ご遺族が悲しむ時間は増える。葬儀があっという間で、悲しむ暇もなかったという感想もたまにあるが、死と向き合う時間が長ければ長いほど、遺された人間は心にダメージを負う。葬儀を終えて一段落つくと、ある程度の喪失感や悲しみは残っても、死とは距離が取れるものだ」

そのため、丁寧にスピード感をもって葬儀を進めるのだと、霜は言った。

「悲しみの底にいるご遺族を慮《おもんぱか》り、必要なアプローチでご葬儀を遂行するのも、俺達の仕事だ。理想からすると、今回はスローペースだった」

「でも！　長治様は、霜さんが時間をかけて葬儀を執り行うか考えてくれて、喜んでいると思うよ」

他の葬儀社に任せていたら、遺族が仲違いしていると分かった時点で、遺言書に従って火葬と納骨だけの直葬にしていただろう。

濱崎家だけに関わってはいられないからだ。

葬儀社は忙しい。町に一つだけの早月葬儀社はとりわけそうだ。今だって、霜は響子と手分けして案件を抱えている。

だが、もしも直葬で全てを終わらせていたなら。

聡美は、悲しみを吐き出せずに、いつまでも夫の死を引きずっていただろう。

秀司は、母親との折り合いが悪いまま、これからの人生を生きていかなければならなかった。

(葬儀はただの儀式じゃない。遺された人達を救えるんだ)

たとえ偏見を抱かれても、霜がこの仕事にこだわる理由が見えた気がした。

(もしかしたら、霜さんも、救われた側の人間だったのかも?)

こっそり盗み見た横顔は、いつにも増して美しかった。

霜は元恋人とは違う。糸花が今まで出会った、どんな人々とも異なる。

名声や高い報酬なんかなくても、人のために尽くそうと覚悟を決めている。

こんな立派な人の下に、自分がいてもいいのだろうか。

遺体への嫌悪感や、死への恐ろしさを抱えた自分が葬儀に関わっては、霜の思いを穢すことにならないだろうか——。

「あっ」

糸花の手から包みがこぼれ落ちた。

かがんで拾い上げようとすると、しゃがんだ霜の手と触れ合いそうになる。

糸花は、ビクッとして手を引いた。

「！　ご、ごめん」

怯える糸花を一瞥して、霜は包みを持ち上げた。

「……うちの仕事を続けるかどうか、働きながら考えておけ」

「あの、えっと、なんで急にそんなこと？」

「エンバーミングの一件から、俺が触れたものを受け付けなくなっているだろう。……気持ちは分かる」

迷いは見透かされていた。

糸花は、葬儀にたずさわる霜を、心から尊敬している。

けれど、尊敬する気持ちと同じくらいの強さの、言いようのない怖れを感じてもいた。

「そんな調子では心が病んでいく。答えが出るまでは待つ」

「うん……。ありがとう」

表を見ると、空はいつの間にか晴れて、雲の切れ間から太陽の光が差している。

家族思いの長治が迷わず天に昇れるように、糸花は目を閉じて祈ったのだった。

第四話　──あの世からの招待状

出かけると、決まって人の視線を感じる。

それは高台にあるスーパーで食材を籠《かご》に入れているときだったり、クリーニング店でスーツを引き取っているときだったり、早月《さつき》葬儀社のビルに入るときだったりする。

弔《とむら》井《い》町に引っ越した直後から視線は感じていたが、七月に入ってからも続くとなると、いよいよ気のせいではなさそうだぞ、と糸花《いとか》は思った。

(何だろう?)

いぶかしみながら商店街で買い物をしていた糸花に、お惣菜《そうざい》店の女将さんが声をかけてきた。

「ねえ、あんたが早月さんとこの嫁御かい?」

「よめご?」

「そうさ。町で話題になってるよ。長男がついにお嫁さんをもらったってね」

「私が霜《そう》さんの嫁? いやいやいや、誤解です。霜さんとは結婚してません。一緒に暮らしているだけです!」

すると、周りにいた買い物客が口々に話し出した。

「同棲《どうせい》中ですって」

「あの死神みたいな子とよくいられるわね」

「顔に騙《だま》されているんじゃないの。早月さんの長男、美形だもの」

「お金かもしれないわよぉ。うちのお向かいの佐藤さん、最低金額で葬式をあげようと思ったら、食事代やら花代やらで百万以上もしたんですって」

「葬式は儲《もう》かる、って聞くもんねぇ」

噂好きそうなご婦人達にチラチラと見られて、糸花は気分が悪くなった。

思い出すのは、先月の大規模な葬儀だ。

故人を家族だけで見送りたい妻と、社葬にしたい息子が対立した案件で、糸花は霜が「葬儀屋ごとき」と罵《ののし》られているのを見た。

葬祭業という、生きていれば誰しもが世話になる職業についている人間を、世話になる方の人間が疎《うと》んじて遠ざけている。

未知のウイルスがパンデミックを起こしたときも、最前線で患者を助けていた医師や看護師が真っ先に偏見を受けた。それと同様のことだ。

（こんなの理不尽だ……）

そう思いながらも糸花は反論できなかった。

遺体にエンバーミング処置を施《ほどこ》すという立派な行いをした霜を、気持ち悪いと突き放した自分が言えた義理ではない。

あのとき、霜は嫌悪感を持つのが普通だと言ってくれたけれど、彼からすれば理不尽に中傷されたも同じだろう。酷《ひど》いことをしてしまった。

「怒ってくれたらよかったのに……」

何も言えないまま商店街を抜けて、ビルまでの帰り道をとぼとぼと歩いていると、高速で走ってきた白いバンが目の前で急停止した。

運転席の窓が開いて、サングラスをかけた響子《きようこ》が顔を覗《のぞ》かせる。

「糸花ちゃん、仕事よー。乗って！」

人の死は予測できないので、葬儀社の仕事はいつも急だ。

「分かりました。急いで支度するので、一度ビルまで戻ってもらえますか？」

一般的に、訃報《ふほう》を受けて駆けつける場合は、礼服を着てはならないとされている。故人が亡くなるのを待ち構えていたように見えるからだ。

かといって、自由な服装で駆けつけて良いかというと、これもまた違う。できるだけ地味で、暗い色の服装が望ましいとされている。

葬祭業者はもっと厳しい。

最低でも会社の制服。もしくは黒に近い色のスーツ。

儀式にたずさわる者として、ＴＰＯは弁《わきま》えておかなければならない。

休業日だったので、ノースリーブのサマーニットにクロップドパンツを着ていた糸花は、会社から支給された黒いツーピースに着替えるつもりだった。

　ところが、響子は「今日はそのままでも平気よ」と暢気《のんき》に応じる。

「先方は、糸花ちゃんもよく知っている方だから。休みの日に訃報《ふほう》を聞いて、急いで顔見せに来たって体で行きましょー」

「私もよく知ってるって……」

　糸花は顔を青くして助手席に乗り込んだ。

　車内はエアコンが効いていて、剝《む》き出しの腕がひんやりする。

　知人と聞いて、真っ先に脳裏に浮かぶのは霜の顔だ。

　彼は今、東京へ出張している。

　国際展示場で年に一度開かれる、葬祭関連のビジネスショーに参加するためだ。

　ニューデザインの霊柩車《れいきゅうしゃ》や、窓を開けなくても中が見えるモニター搭載の棺《ひつぎ》、七色に光る供花など、葬儀に必要な商品が新旧取り揃えられて商談がかわされる。

　弔井町は高齢者が多いので、新しい技術を取り入れた商品よりも、昔ながらの品が好まれる。しかし霜は、遺族の選択肢を増やすために、毎年こうして最先端のセレモニー情報を仕入れているのだ。

　きっと今頃、熱心に新製品を吟味しているだろう。

　だから、亡くなったのは霜ではない。

「どなたが亡くなったんですか？」

そろりと問いかけると、響子はネイルカラーを施した指先でハンドルを叩いた。

「前に、糸花ちゃんが作った赤いワンピースを着せてお見送りしたおばあさんがいたでしょう。覚えてる？」

「フラダンスが好きだった、須賀《すが》家の幸子《さちこ》おばあちゃんですね」

糸花の衣装が初めて葬儀に使われた案件だったので、はっきりと覚えている。

あの日、霜に出会わなければ、糸花はこの仕事とは無縁に生きているところだった。

「そのご遺族のおじいさんが今回の故人様なのよ」

「そんな……。先日、法要に伺ったときは、元気そうだったのに」

「どんなに元気でも、そのときが来たら、あっけなく逝《い》っちゃうのが人間なのよねー。だからこそ、いつだって後悔しないように生きないといけないのよ」

響子は、横断歩道の手前で停車して、黄色い帽子を被った小学生に道を譲った。

「間を空けずに、同じご遺族を担当することは多いの。特にここ弔井町ではね。正直、あまり嬉しくないリピーターよ」

天国に一番近い町の弊害である。

糸花は、喉の奥に苦いものを感じながら、若い背を見送った。

「須賀家のおじいちゃん……清四郎《せいしろう》さんは、どんな風にお亡くなりになったんですか？」

「朝から『なんだか今日は眠い』って言ってたんですってー。朝ご飯を食べた後に横になって、昼食の時間になっても起きてこないから様子を見に行ったら、冷たくなっていたそうよ」

「そうですか……」

死は、本当に突然だ。

心の準備をさせてくれるような優しさはなく、大切な人を連れて行ってしまう。

車は、とむらい町セレモニー会館に辿り着いた。

響子が事務室に挨拶している間、糸花がロビーで待ちぼうけていると、裏口から入ってきた三十代くらいの男性に声をかけられた。

「すんまへん。早月葬儀社さんが担当されているご喪家は、白梅の間で間違いおまへんでしょうか？」

東北ではほとんど聞かない、しっとりとした訛《なま》りだった。

髪は胸につくような長さで、右肩に寄せて結っている。そのせいで、霜と並び立つぐらいの長身でも中性的な印象があった。

白いシャツにネクタイを締めているが、彫りの浅い柔和な顔立ちには、はんなりした和服の方が似合いそうだ。

それにしても、尋ね方が妙だ。訃報を聞いて駆けつけた人は、どこの葬儀社が担当かなんて気にしないものなのに。

「白梅の間にいらっしゃる須賀家のご葬儀は、我が社で担当いたします。どちらさまですか？」

「ああ、君も早月さんとこの人なんか。僕は矢ノ原雅《やはらみやび》いいます。湯灌師《ゆかんし》ですわ。霜くんにお手伝いを頼まれたんやけど、まさか新顔がいるとは思わへんかった。どうぞよろしゅうお願いします」

雅は、腰をきっかり四十五度に曲げてお辞儀をした。

身のこなしから、儀式に長くたずさわってきた人間だと分かる。

霜も響子も、涼しい顔をしながら、指先まで神経が行き届いた所作を身に着けている。

なにげない仕草に表れる品の良さが、遺族の安心に繋がるからだ。

「こちらこそ、よろしくお願いします。この春から早月葬儀社で働いている、朝川《あさかわ》糸花です。被服部門なので、ご葬儀は受け持たないんですけど、手伝いはよくしてます。何でも命じてください」

ぴしっと背筋を伸ばして名乗る糸花を見て、雅はくつくつと笑った。

「命じてって。霜君は、普段どんな風に指導しとるん。あやしいなぁ」

さらりと揺れる髪や色気のある表情に、糸花はどぎまぎした。

(霜さんといい、響子さんといい、どうして美人ばっかりなんだろう)

メイクや服を際立たせるファッション業界の美が人為的であるなら、こちらは自然体の美だ。滝や岩のように、世俗と切り放された存在感を放っている。

彼らと並ぶと、糸花なんて道端に転がる折れ釘のようなものである。

「あれれ、みやびんがいるー？」

事務室から出てきた響子に、雅はたおやかな笑みを向けた。

「響子はん、お久しゅう。前に会《お》うたときよりもお綺麗にならはりましたなぁ」

「京都の人は上手ね。もっと褒めていいのよー？」

「マスカラがにじんで目の下に付いとるんと、ファンデーションがテカってなかったら、ここでプロポーズしてたと思いますわ」

「うそーっ！　糸花ちゃん、あたしの化粧、崩れてる？」

振り向いた響子の顔は、若干ながらテカリとヨレが見てとれる。

「ちょっとだけですけど、崩れてます……」

「えーん！　今朝、一時間もかけたのにーっ！」

「仕方ないですよ。もう夏ですから」

特に今日は、歩いているだけで汗がにじむ陽気だった。

化粧をしない人には分かりづらいかもしれないが、暑さは化粧の大敵なのである。

肌のアラを隠すための塗装は、顔中の毛穴という毛穴から吹き出る汗と皮脂《ひし》によって、あっけなく押し流される。

糸花も、完璧にメイクを仕上げて出かけたはずが、途中で寄ったお手洗いで汚く崩れた顔面を見て、ショックを受けた経験があった。

響子の化粧崩れを見て見ぬ振りをしていた糸花に比べて、雅は手厳しい。

「夏はクリーム系のファンデーション使うたらあかんよ。皮脂が出やすい時期には、油分が少ないパウダーか水をベースにしたジェリー系を選ぶのがお勧めや。マスカラのウォータープルーフも過信したらあかん。皮脂に強いのはフィルム系やで」

「だってー！　冬に買ったのが残ってるのよー！」

頬を膨らます響子を「辛抱せんと思い切りや」と一蹴する雅。

巷にはメイク男子も増えてきたとはいえ、男性の彼がここまで詳しいのは珍しい。

「納棺師はメイクもしますけど、湯灌師というのはどういった仕事なんですか？」

「君、ほんまに新入りなんやね。湯灌ってのは、故人様のお体をお風呂に入れてあげることを指すんや」

「亡くなってからお風呂に入れて差し上げるんですか？」

目を丸くする糸花に、手鏡で化粧崩れをチェックする響子が教える。

「霜ちゃんやご遺族が、故人様の体を拭いて清めるところは見てるわよね。湯灌っていうのはあれの豪華版。部屋に浴槽を運んで、お体を洗って身だしなみを整えるのー」

「僕が化粧に詳しいんもその一環や。湯灌と化粧はセットみたいなもんやからな。これに関しては霜君にも負ける気はせえへん。商売道具も段違いやで」

雅は、片手に提げていた黒いドレッサーボックスを持ち上げた。

霜が納棺の儀に持ち込むトランクよりも、二回りは大きいサイズだ。

「こんな状況やし。三人で頑張りましょ」

「はい！」

雅に背中を叩かれて、糸花の口から元気な返事が出た。

白梅の間に糸花が姿を見せると、須賀家の遺族が涙ながらに歓待してくれた。

奥の布団には、故人となった清四郎が横たわっている。

糸花はコップの水を取り替えて、線香をあげてから、故人が眠る布団のそばに膝をついた。

「清四郎おじいちゃん、来るのが遅れてごめんね」

ふさふさの眉毛がひょうきんな寝顔は安らかだった。

苦しまずに息を引き取ったのだと一目で分かって安心する。

遺族が集まる卓では、響子が雅を紹介している。

「早月が社外に出ておりますので、ご葬儀はこちらの矢ノ原が務めさせていただきます」

「担当する矢ノ原雅と申します。よろしくお願い致します」

雅は、畳に両手をついて深く頭を下げた。

顔見知りではない担当者に、遺族は困惑している。

口火を切ったのは、清四郎の長女・利恵《りえ》だった。

「すみません。担当を変えてもらうことはできませんか？」

「それは、早月霜でなければ嫌だ、というご希望でしょうか？」

「いいえ。私たちが葬儀を頼みたいのは、糸花さんです」

突然に名前を出されて、糸花はあんぐりと口を開けた。

「私、ですか？」

「ええ。あなた、母さんの法要にお線香あげに来てくれたでしょう。それを父さんが気に入ってね。自分が早月さんにお世話になるときには、あなたにお願いしたいって言ってたのよ」

清四郎は、その日がこんなに早く来るとは思っていなかったのだろう。

だが、糸花には葬儀の担当はできない。知識も技術も素人同然なのだから。

「申し訳ありませんが、私では……」

「ええんとちゃいますか？」

断る声を遮《さえぎ》って、雅が口を挟んだ。

「何事も経験や、申します。僕も葬祭業を始めたばかりの頃は、えらい失敗ばかりやったわ。せやけど、何度もご葬儀にたずさわらせてもろうたから、こうして立派にやれてる。故人様は、若手のために自分の葬式を貸したる言わはった。こんな立派な御仁はなかなかおらん。ありがたく承《うけたまわ》るのが筋やろ」

思わぬところから援護を受けた利恵は、糸花に期待の視線を向ける。

「糸花さん、お願いします。父の最期《さいご》の希望なんです！」

「え、ええ、えええっと……」

「「「お願いします」」」

他の遺族にまで頭を下げられては、糸花も嫌とは言えず。

「分かりました。私、清四郎おじいちゃんのために頑張ります……」

しぶしぶながら、葬儀の担当を請け負ったのだった。

『なぜ糸花が担当することになったんだ！』

事務所に戻って電話で報告すると、霜は怒鳴り声で返してきた。

糸花は、受話器を下ろしてしまいたい衝動に耐えて答える。

「だって断れなかったんだもん。清四郎おじいちゃんの最期の望みだって、ご遺族みんなに頭を下げられたんだよ？　あれに反抗するなんて無理！」

『無理強いをかわすのも葬儀屋の仕事だ！　何のために雅を呼んだと思っている！』

「おうおう、霜君お怒りやな」

通話が漏れ聞こえたらしく、棚を覗いていた雅が近づいてきた。

「電話、僕に代わってくれまへん？」

「はい。霜さん、雅さんに代わるからね」

糸花が受話器を渡すと、雅は悪戯っぽい顔で笑った。

「霜君、お疲れさん。糸花はんと離れ離れで心配やろうけど、ご葬儀は僕に任せとき。まあ、何とかなるやろ」

『雅、お前はいつも無責任すぎる。今からご遺族を説得して、担当を自分に変えてこい』

「いやどす。糸花はんに担当してほしい言うたのはご遺族やで。ただでさえ悲しみの天辺におるのに、今さら担当の首すげ替えたら落ち込まれてまうやろ。君はゆっくり東京を満喫《まんきつ》してきたらええよ。糸花はんには、僕が手取り足取り教えてあげるわ」

『貴様、糸花に何かしたら――』

「ほな、また」

雅は、一方的に会話を終えて受話器を置くなり、ぷぷーっと吹き出した。

「あー、おもろい！　こんなに怒る霜君、他では見られへんわ」

「ドスのきいた声が聞こえてきたんですけど……。もしかして、雅さんって霜さんに嫌われてます？」

「嫌われとるよ。僕な、湯灌師になりたての頃に、早月葬儀社の先代に依頼されて弔井町で仕事しとったんや。事務所で、えらいべっぴんな娘さんにお茶を出してもろて、せっかくやからと仲良くなったら、それが霜君のお姉さんやった」

雅は、春佳《はるか》を口説いているところを、ランドセルを背負って学校から帰って来た霜に見られてしまった。

姉が親代わりだった霜は、酷く不機嫌になったらしい。

「それから霜君、僕が視界に入ると敵意剝き出して睨むようになったんや。基本的に塩対応な子やったから、露骨な反応をもらえるのが楽しくなってしもうて、僕はたびたび春佳さんに話しかけとったわ」

「それ、毛虫のように嫌われてもしょうがないと思います」

「せやね。霜君から直々に『お前の捉えどころのなさがいけ好かない』って言われたこともあるわ。そんな状態でも依頼をもらえてるわけやから、湯灌師としての技術は認めてくれてんのやろ。それで十分や」

楽しげに足を組む雅に、糸花は感心してしまった。

絶対零度で睨まれるのを承知で、早月葬儀社に来るとは。

端的に言ってメンタルが強い。そのくらいでないと、葬祭業を続けていけないということは、糸花も薄々感じていた。

「でもなあ。今回は、糸花はんが僕のせいで怒られてまうかも。かんにんな」

「不機嫌な霜さんには慣れてるのでかまいません。それよりも、清四郎おじいちゃんのご葬儀が、私なんかに務まるかなって心配で……」

「それに関しては心配ないで。霜君、明後日には帰ってくるんやろ？　糸花はんは葬儀プランをご遺族と相談して決めてくれたら十分や。湯灌と化粧と納棺は、僕が責任もってやったる。故人様がお骨になるところまで響子はんと三人で見届けて、あとは霜君に渡したらええよ。糸花はんが立派にお務めしたらきっと喜ばはるで」

「立派にお務め、ですか……」

雅の言葉を聞いて、糸花はチャンスかもしれないと思った。

エンバーミング処置を見たいと言っておいて逃げ出した、あの日の自分の情けなさを挽回できるかもしれない。

「私、霜さんに無事に引き継げるように、頑張ります」

「それがええ。僕がついとるんや。大船に乗った気持ちでええよ」

雅は、骨張った拳で自分の胸を叩いた。

それを見たら、糸花は無性に、霜の大きな手の平が恋しくなった。


仏教の場合、人が亡くなると蠟燭《ろうそく》の火を絶やさないように寝ずの番をする。

故人の体を狙う悪い物が、火を嫌うからだという。悪い物というのは、妖怪や物の怪といった、現代社会では非現実だと言われる存在だ。

いくら非科学的でも、慣習として残っているならやらないと気が済まないのが人情である。

会館の座敷《ざしき》に、宿泊者用の浴室と洗面台、寝具一式が用意されているのは、遠方からの参列者のための他、泊まり込んで火の番をするためでもある。

糸花は黒いスーツ姿で、会館に宿泊する遺族のもとを再訪した。

いつも霜がしているようにファイルを開き、プランと料金を説明する。

利恵達は、以前された説明を覚えていて、幸子の葬儀と同じ四十万円のものを選んだ。

「父さんにも糸花さんの衣装を着せてあげたいの。あのお葬式の後、『自分も一緒にフラダンス習えば良かった』ってぼやいていたのよ。天国に行くまでに練習しとかなきゃって話したのが昨日のことみたいだわ」

利恵の話を聞きながら、糸花はファイルに挟んでいた白紙を取り出した。ボールペンで、素体をざっくりと描く。これは、デザイナーが脳内にあるイメージをデザイン画に起こすときの基本となる形だ。

「フラダンスは、ハワイの伝統的な踊りです。故人様は男性ですから、アロハシャツではどうでしょう？　幸子様が着た赤いワンピースと対になるように、青の地に花柄を使ったらお揃《そろ》い感が出ると思うんです」

開衿《かいきん》シャツにハーフパンツを合わせて、首には花を繋げたレイと呼ばれる首飾りをかける。南国に旅行に行った観光客のようなスタイルだ。

それを覗き込んだ利恵は、涙を浮かべて笑う。

「いいわね。父さんに似合いそう」

「よろしければ、すぐ製作に入ります。朝には完成品をお持ちしますので、手直しが必要であればそこでお聞かせください」

「待てよ。それ、本当に必要か？」

話に割って入ってきたのは、利恵の隣に座って渋い顔をしていた男性だ。くたびれたスーツと痩せこけた頬が不健康そうな彼は、利恵の弟の清彦《きよひこ》。高校卒業を機に家を出て、今は東京で暮らしており、弔井町には訃報を聞いて駆けつけてきたそうだ。

「おれ、母ちゃんのときも思ったんだよ。葬式に金をかけても、生きてる側は何にも幸せにならねえってな。それよりも、みんなで美味いもんでも食べた方が、父ちゃんへの弔いになるんじゃねえのか？」

「清彦、あんたはなんて罰当たりなこと言うの。ご馳走はいつでも食べられるでしょう。父さんの葬式はこれっきりなのよ！」

利恵が叱責《しっせき》すると、清彦はガンと卓を殴りつけた。

「罰当たりなのは姉ちゃんだろ！　母ちゃんの葬儀のとき、棺に写真を入れたりするから、寂しがって父ちゃんを連れて行っちまったんだ！」

たしかに、利恵は母親の棺に家族写真を入れていた。

故人のたっての希望という流れで霜も黙認していたが、問題があったのだろうか。

「なあ、葬儀社の人間なら知ってるだろ。棺に写真を入れるのって良くないんだよな?」

「わ、分かりません。すみません……」

素直に答えた糸花に、清彦は口をひん曲げる。

「あんたもド素人なんじゃねえか。葬式は質素でいいんだよ。坊さんに経を上げてもらって、焼いたらすぐ墓に入れちまえばいいんだ。変にお別れ会みたいにするから、あっちもこっちも未練が残るんだろうが。だから、この一番安いのでいい」

清彦が指さしたのは、白い経帷子《きょうかたびら》を着せるプランだった。

「そう言われて帰ってきちゃったのー?」

「はい……」

早月葬儀社の事務所で、パソコンに向かっている響子は細い眉を下げた。

ソファでお茶を飲んでいた雅も、「商売っ気がない子やね」と苦笑いしている。

雅の向かいに腰かけた糸花は、熱いコーヒーを喉に流し込んで、ぷはっと息を吐いた。

「私、清彦さんのお話を聞いて思ったんです。もしかしたら、幸子おばあちゃんが清四郎おじいちゃんのことを連れて行ったのかなって」

非科学的な儀式が慣習として残る意味があるのなら、迷信もまったく関係がないとは言い切れないのではないか。

糸花の胸に、清彦の未練が残るという言葉が引っかかっていた。

「幸子おばあちゃんのご葬儀で、棺に家族写真を入れなければ、清四郎おじいちゃんは長生きしたのかもしれません……」

「死者が生者を連れて行くねぇ。これは単なる独り言なんやけど」

前置きを入れて、雅はのほほんと足を組んだ。

「家族や友達といった親しい人と死別するストレスは、人生でもっとも強いと言われとるんや。気持ちが沈むのはもちろん、食事が喉を通らなくなったり、眠れなくなったりと不調がぎょうさん現われる。中にはそれに耐えきれずに、自ら命を絶つ人もいるくらいや」

「まさか、清四郎おじいちゃんも？」

「死亡診断書は読ましてもろたけど、事件性はまったくないな。ただ、結構なお年やったのが気になった。故人様は、日本人男性の平均寿命の八十一才を上回る享年八十八才や。強いストレスがだんだんと寿命を削ったゆう可能性はある。人っていうのは丈夫に見えて簡単に壊れよるからな」

「死別のストレスで、人は壊れてしまうんですね」

糸花の脳裏を、霜の面影がかすめた。

霜は、いつから一人きりなのだろう。

知りたい。けれど、聞けない。

糸花と霜の心の距離は、エンバーミングの一件で離れてしまった。食事を共にしていても、お互いの過去を話せるような気軽さは戻っていない。

糸花が嫌悪感を克服するかどうか、霜はひたすら見守ってくれている。

「ストレスと寿命の関連性は、医学的に証明されとる。せやけど、迷信は迷信でしかないんや。棺に写真入れたからお迎えが早まったわけではないし、天国でフラダンス踊りたいからって止まる心臓もない。それが分かっとるから、霜君は棺に写真を入れるのを止めへんかった。糸花はんも、それだけは理解せなあかんよ？」

「っ、はい」

諭されて頭が冷めた。慣例は大切に扱うが、迷信のような不確かなものに怯えていては、葬儀社の仕事は務まらない。

「そういえば、アロハシャツってすぐに作れるのー？」

響子に問いかけられて、糸花は壁掛け時計を見た。

時刻は、午後九時を回ろうとしている。

「ストックはないですけど、三時間もあればいけると思います。ハーフパンツは清四郎おじいちゃんの愛用品があるそうなので、それで。レイは、平太さんに頼んでみるつもりでした。あとはご遺族の同意さえあればいいんですが……」

清彦の反対により、糸花は葬儀プランの契約を取り付けられずに帰ってきてしまった。これでは製作しても、清四郎にアロハシャツを着せることはできない。

雅は、未記入の契約書を鞄から取り出して、ヒラヒラと振った。

「そのご遺族さん、やけに金、金、言わはるなあ。なんでご葬儀が高額になるのか分かってへんのやない？　高額やと、棺が自動で開くとか、会場に電飾が点くとか、そういう誤解をしてへん？」

「理解が浅いせいで、反対されているってことですか？」

「かもしれへん。何のためにこんな値段しててんのか理解してもらえたら、賛同してくれるんと違うかな。響子はん、ご葬儀に湯灌オプション付けたってえな」

「えー？　基本プランのサインももらえてないのに、勝手にオプション付けるわけ？」

響子は電卓を叩きながら顔をしかめた。

「もしも最低プランで契約されたら、湯灌料金は渡せないわよ？」

「ええよ。僕からのサービスや。霜君への」

「故人様へではなくて、霜さんへのサービスなんですか？」

きょとんとする糸花に、雅は何やら企んでいる目つきで微笑みかけた。

「理由は後で分かるわ。糸花はんは安心してアロハ作ってくんなはれ。な？」

追い出されるようにして三階に上った糸花は、作業部屋の電気を点した。

「雅さんって、私を小学生の子どもみたいに思ってるよなあ」

ぼやきつつ、青い花柄の布を棚から選び出す。

「もう大人なんだから、仕事できるって証明しないと」

パンと頬を叩いた糸花は、大学受験に向かう日に勝《まさ》るとも劣らない気迫で、裁ちばさみに指をかけた。

アロハシャツのような開衿タイプの上着は、どんな年代の人にも似合うゆったりした型が用いられる。

清四郎は普段Lサイズの服を着ていたそうなので、LLサイズで仕立てることにした。袖口とボタンホールは広めにして、着せやすくする。

死装束としての実用性はもちろん、見栄えも忘れない。

工夫の最たるものは、袖付けの際に入れたいせ込みだ。

これは紳士用のジャケットに使われる手法で、肩の可動域を広げて脱ぎ着しやすくする他、腕を下ろしたときに袖がまっすぐ下りる視覚的効果もある。

この処理をすることにより、寝姿でも立って着ているように美しく見えるのだ。

裁った生地を縫い合わせていき、シャツが完成したのは深夜一時過ぎだった。

糸花は、作り上げたばかりのアロハシャツを広げる。

「これなら、お召し替えのときに着せやすいはず……」

そう呟いて、あ、と思う。

（私、ここで働いているうちに、どんなデザインが求められるか分かってきてる）

遺族に満足してもらえて、なおかつ着せる人間が仕事をしやすい衣装を、自然と作れるようになっていた。

「やってきたことって、何一つ無駄じゃないんだ」

小さな成長は、糸花に喜びとほんの少しの自信を与えてくれた。


真夜中までかかってアロハシャツを作り上げた糸花は、仮眠から起きるとすぐに支度をして、響子と共に会館へ向かった。

待っていた雅と合流すると、湯灌道具の運搬を手伝ってくれないかと頼まれた。

糸花は、雅と二人がかりで畳一畳分の移動式浴槽を持ち、会館の中を進む。

「すごく、重たいです……」

「持ち運びできる、ゆうても浴槽やからね。そりゃあ重たいわな」

浴槽は、漆《うるし》塗り風の塗装に金箔を散らした上品なデザインだ。家の風呂とはまったく趣《おもむき》が異なり、運んでいるだけでも厳かな気分になる。

「ご葬儀に使うお品って、どれも金ぴかで綺麗ですよね」

「金色が多く使われてんのは、極楽浄土のイメージからや。お寺さんも仏像周りは金ぴかやろ？　家に置いとく仏壇も、昔は金箔をぎょうさん使うたのが多かった。あれはサービス精神の塊やね」

「サービス精神で金ぴかにしてるんですか？」

「せや。あの世はこんなに綺麗で豪華な世界やから、安心して成仏を祈ってくれっていう心配りからああなっとる。湯灌ってのも、実は同じ。安らかに成仏してもらいたいって気持ちから生まれたサービスなんや」

説明する雅は誇らしそうだ。彼なりの湯灌への矜持《きょうじ》が感じられる。

「だから、湯灌ってのはオプションの方に入っとるやろ。やってもやらんでも葬式としては成り立つ。でも、やってほしいってご遺族は多い。なんでやと思う？」

これから火葬する故人を、わざわざ入浴させる意味。

糸花は、遺族の気持ちになって考えてみた。

「最後の思い出に、綺麗な状態の故人様を見たいから、かな……」

「それもある。けども一番は、故人様に何かしてあげたいって気持ちなんや。ご遺族は、生前にもっと話しておけば良かったとか、孝行してあげられなかったとか、何かしらの後悔を抱えとる。だから、葬儀でできるだけのサービスをしてあげることで、後悔を晴らすんや。早月さんとこも、最安値のプランを選ぶご遺族はあんまりおらんやろ？」

「はい。皆さん、ちょうど中間の金額を選ばれることが多いです」

糸花は、不思議に思っていた。

経済的に裕福といえない家庭でも、最低額のプランを選ぶのは稀《まれ》なのだ。

浴槽が廊下の角に当たらないよう、器用に傾けて雅は言う。

「それもご遺族の感情から来とるんや。一番安いんじゃ故人様に悪い気がする。でも、高いのはとてもじゃないが払えない。なら中間のものを選べば、きっと皆が満足できる結果が待っているだろうってな。心理学では、これをゴルディロックスの原理って言うんよ」

「そうだったんですね。でも、金銭的に困っているご遺族の場合は、たとえ中間プランを選ばれても、霜さんが同等の設えが組める特別なプランを立てて、安価でご葬儀を行ってるんですよ」

「霜君は人ができすぎとるなぁ。取るもん取っとかへんと自分が苦しくなるのに。まあ、お坊ちゃん育ちやからハングリー精神に乏しいんやろ。その辺はお察しやな」

白梅の間では、響子がこれから行われる湯灌の説明をしていた。

さっそく清彦が難癖をつける声が、廊下の方まで聞こえてくる。

「オプションなんて無駄だ」

「ですが、担当がぜひに、とお勧めしております。料金はいらないとも申しております」

「そう言っておいて、あとで料金を請求するつもりなんだろ。やめろやめろ！」

やはり金額のことでもめていた。

雅は、いったん浴槽を壁に立てかけると、一声かけて襖《ふすま》を開けた。

「料金のことなら、僕から説明させていただきます」

そして、響子の隣に正座して、事の経緯を説明していく。

「湯灌代金は僕からのサービスですわ。いつもはこういうことをせえへんのですけど、このたびの故人様はえらい男前や。僕が男気を見せへんかったら、いざ自分が天国に昇ったとき、どつかれてしまいます。僕は嫌やで。死んでからチクチク嫌味言われんの」

雅の口から出る冗談に、利恵を始めとした遺族がぷっと吹き出した。

清彦は、チッと舌を打ち鳴らして横を向く。

浴槽のそばで待っていた糸花は、彼の反応に違和感を覚えた。

（お金に固執しているはずなのに、湯灌の料金が無料だって聞いても嬉しそうじゃない。ひょっとして、お金とは違う部分に不満があるのかな……？）

「それでは、準備を始めさせていただきます」

響子の号令で、湯灌の支度が始まった。

雅が戻ってきたので、糸花は再び浴槽を持ち上げる。

座敷に運び入れて、故人が眠る布団の手前に置き、床板の一部を開いてしまわれていたホースを引き出す。これは部屋にお湯を引くためのものだ。

排水用の弁もあり、浴槽は給湯と排水が行えるようになっている。

ホースを繋いだ雅は、館員の手を借りて、浴槽と重ねて運んできたネット状の台に故人を移した。

故人の体を覆うように白いシーツを被せ、遺族との間には衝立《ついたて》を立てる。

そこまで準備してから浴槽のそばに正座して、改まって頭を下げた。

「これより、故人様のお体を洗わせていただきます。皆様は『逆さ水』というのをご存じでしょうか。通常、お風呂のお湯が熱すぎるときは水を足して温度調節しますが、逆さ水は、水にお湯を足していくという逆の方法で調節したものです。これを故人様に使います。洗う箇所も足から体の上の方へ、生きとる人とは逆にやっていくんですよ。この中に足から洗う人おったらすいまへん。少々変わってはりますわ」

さりげないジョークで笑いを取りつつ、雅はシーツの下に腕を入れた。器用に浴衣を脱がし、栓をひねってお湯の温度を確かめて、故人の体を洗っていく。

衝立で隔てていることもあり、遺族の前でありながら遺体の様子は見えない。体に続いて髪も洗い、水気をタオルで拭き取った。まだ遺族からサインをもらえていないので、糸花が持ってきたアロハシャツではなく浴衣を着せた。

故人は再び布団に寝かされ、衝立が脇に畳まれる。

次に雅は、ドレッサーボックスの留め金を開けた。中には化粧品が納められているが、その種類は霜が使うものとは比較にならないほど多い。

糸花が知っているようなプチプライスのものもあれば、百貨店でしか買えないようなブランドコスメ、さらにはカバー力が高い舞台用コスメもあった。

清四郎の顔を見ながら、いくつかの品を手に取った雅は、慎重な手つきでファンデーションを塗り始める。

頬にはチークを一刷毛《ひとはけ》。唇にはベージュのリップ。

色の選択が的確なのだろう。

化粧をしても故人の顔つきは女性的にならず、顔色だけが自然な明るさになる。

「おじいちゃん、お風呂終わりましたよ。さっぱりしたやろ？」

孫が祖父にするかのように話しかけた雅は、清彦を見つめた。

「花も線香も蠟燭も、必要かどうか故人様は話す言葉を持ちませんが、僕ら葬儀にたずさわる人間は、必要だと思うからお勧めします。お顔を見て差し上げてください」

立ち上がった清彦は、布団のそばに膝をついた。

湯灌をされて、こざっぱりした故人の顔を間近で見て、きゅっと口を引き結ぶ。

「さっきまでとはまったく違うでしょう。僕は湯灌を通して、担当するご喪家と故人様に最大限のサービスをしたいと思ってます。ですが、サービスってのは無料では続けられんものが多いんですよ。見てもらったように、化粧品はたっぷり持っておかんと仕事にならん。タオルや石けん、手袋は消耗品やし、浴槽も使うたんびに洗浄と消毒をして、万が一にも危険がないように、医療現場と同じくらいの気構えでやっとります」

雅の言葉に、清彦だけでなく座敷にいる全員が聞き入っている。

「葬祭業は人の心に寄り添う仕事や。ダメな業者はあっという間になくなる。それに比べて早月葬儀社はどうや。若い社長と少ない従業員でも、町の人に信頼される仕事をしとる。それなりの料金をバンと出されて、疑り深くなる気持ちも分かりますけど、真っ当な人達や。信じたってください。この通りや」

雅は深く頭を下げた。

早月葬儀社のためを思っての行動に、糸花は胸を打たれた。

「これにて、湯灌の儀を終わります」

響子と雅が片付け始める。

手伝おうとした糸花を、清彦が呼び止めた。

「アロハ、あんたが作るのか?」

「はい。というか、もうお作りしてあるんです。見ていただけますか?」

糸花は、傍らに置いてあった風呂敷包みを開いて、開衿シャツを取り出した。

ハイビスカスの花と椰子の木がちりばめられたプリント地は、南国の海を思わせる青色だ。

先に旅立った幸子と対になるデザインに、利恵達は、ほろりと涙ぐむ。

「清四郎おじいちゃんが気に入ってくれるように。安らかに天国に昇れるように。

そして天国で、幸子おばあちゃんとフラダンスを踊ってくれるように。祈りを込めて作りました」

清彦は、アロハシャツをじっくりと見つめた。

「……俺さ、会社をリストラされて、再就職先を探してるとこなんだ。そんな時に、母ちゃんと父ちゃんが相次いで死んじまった。生きるためには金が必要なのに、なんで死んだ人間にまで金をかけないといけないんだって頭にきて、あんたに八つ当たりしてた。馬鹿みてえだ。家族以外に、こんなに父ちゃんを大事に思ってくれる人がいるってのに、当の息子がこんなんじゃ――」

清彦は鼻の下に指を当てて、ガキ大将のように笑った。

「アロハ、父ちゃんに着せてやってくれ。それでいいよな、利恵姉ちゃん！」

清彦が認めたことで、遺族に安堵の表情が広がった。

「ありがとうございます！」

葬儀プランの契約書にサインをもらった糸花は、雅に報告しようと白梅の間を飛び出した。

ロビーに向かうと、雅と立ち話している男性の後ろ姿が見える。

「霜さん！」

糸花が呼ぶと霜は振り返った。

帰ってくるのは明日の予定だったのに、一日早めてくれたらしい。

　駆け寄った糸花は、勢い余って彼の胸に飛びこんだ。

「ご遺族様とプランを決めたよ。私の作ったアロハシャツを、清四郎おじいちゃんに着せてほしいって！」

「そうか。頑張ったな」

　糸花を褒めた霜は、はっとして支えていた腕を放した。

「触れて、すまない……」

「う、ううん……」

　二人の間に流れる微妙な空気を感じたのか、雅は明るい調子で自分を指した。

「霜君、僕も褒めたって。糸花はんに色んなこと教えてあげたんや。文字通り、手取り足取り。なあ？」

「はい。本当にお世話になりました！」

　すると、霜は腰に手を当てて、自分より長身の雅を睨んだ。

「手伝いは感謝する。だが、従業員への過剰な接触は迷惑だ」

「そういうこと言うん？　糸花はんはもう大人やで。付き合う相手くらい自分で決められるやろ。それともなんや。君、糸花はんが僕と遊ぶと嫌なんかいな？」

「…………………」

　長い沈黙があった。

　糸花が霜を見上げると、美しい顔を鬼神のごとく歪《ゆが》めている。

「……雅。お前が死んだら葬儀は俺が出してやる。棺を花ではなく砂で満たしてな……」

「燃えにくくなるやんか。地味に嫌やからやめてや」

「嫌なら糸花をからかうな。俺はご遺族に挨拶してくる。……雅」

　霜は糸花の手からファイルを取り上げて、顔を白梅の間に向けた。

「お前がいてくれて助かった」

　礼を言い残して霜は歩き出した。

　ふいを突かれた雅は、黙って彼の背を見送る。

「なんや、かっこええことするやんか。わざわざ無償サービスまでしたんに、無駄やったな」

「もしかして、雅さんが湯灌オプションを付けたのって……」

「もちろん霜君に恩義を感じてもらうためやで。あの子、感情表現が下手やから、ほどほどに感謝させて、ほどほどに憎ませると、ほんまに可愛い反応するんや。今回の反応は予想外やけど、新しい一面が見れて嬉しいわ」

　雅は満足そうに笑うが、霜の心の内を知っている糸花の気は沈んでいく。

「感情を出すのが不得意なのには、理由があるみたいです。私、霜さんが自分は壊れているって言うのを聞いたんです。雅さんはその理由を知っていますか？」

「僕に聞くん？」

雅は、驚きと悩みが入り交じった顔で天井を見上げた。

「あれは、そうか。もう十年も前になるんか……。その年の春先って、糸花はんはどこにおった？」

「十年前なら東京の実家にいました。まだ小学生でしたから」

そんな昔に何の関連がと思っていると、雅は「そうか、小学生か」と感じ入る。

「若いなぁ。言うて、霜君ですら十五才やったもんな。詳しいことは僕からは言えへんが、僕は、霜君が壊れてるとは思ってへんよ。心にぽっかり穴が空いてしもうてるんかな、ってのは感じとるけどな」

「穴ですか」

家族やそれに近しい人と死別したせいで、霜の心に大きな穴が空いていて、上手く感情を表せないのだとしたら。

「その穴、塞いであげたいです……」

糸花が呟くと、雅は、ほっとした顔で笑った。

「糸花はんやったらできる気ぃするわ。お裁縫、大得意なんやろ。頑張りや」

「はい！」

心の穴を縫い合わせる方法は分からない。でも、諦めずに霜のそばにいれば、いつか見つかるような気がした。

その後、清四郎は霜の手で、浴衣からアロハシャツに着替えた。

出棺の儀を終えて、火葬場に移動する遺族は、バスが待つ玄関に移動していく。糸花も火葬に同行させてもらえることになったので、待ち時間に食べる軽食を包んだ風呂敷を持って歩いていると、霜が事務室から出てきた。

「時間はあるか。少し話がしたい」

「少しなら大丈夫だよ。なに？」

「さっきのシャツ、不思議と着せやすかった。それに、故人様のお体にしっくりと馴染んでいた。また何らかの仕掛けを施したのか？」

「仕掛けってほどじゃないよ。着せやすいように、肩に丸みをつけたりボタンホールを大きめにしたりしたの。それと、前身頃にだけ接着芯を付けた。寝姿でも立っているときみたいにピシッと生地が伸びたら、格好いいと思って」

工夫を凝らしたおかげで、アロハシャツはくたびれ感なく着てもらえた。

「ただのアロハシャツに、そこまで手が込んでいるとは思わなかった。その工夫、お前はいつもどうやって考えているんだ？」

「故人様のお顔と体つきを見ると、どこを工夫すればいいのか閃《ひらめ》くんだよね。製作時間は限られているけど、集中力が途切れないのは、誰がどんな風に着てくれるか、明確に分かっているからだよ」

今回であれば、清四郎が格好よく見えるように、を第一に考えた。

「……お前、凄《すご》いな……」

口元に手を当てた霜は、感動を隠さずに言う。

「お前は、大衆に訴えかけるような服は作れなかったかもしれない。だが、個人の希望を叶えるための服を作ろうとするとき、本領を発揮するらしい」

「そんな立派じゃないよ。私はできることをしてるだけ」

「誰にでもできることではない」

霜は、ジャケット片手にロビーを歩いて行く清彦を眺めた。

「頑なになったご遺族の心を解くのは、俺でも難しい。家族を亡くした喪失感を埋めるだけの関係性を、葬儀までの短期間で築くのは困難だからだ。だが、須賀家のご遺族はお前に心動かされた」

霜の視線が、すっと糸花の方に向く。

瞳は、心から祝福するような色を帯びている。

「遺族に寄り添い、故人の思いを受けとり、どんなアレンジが必要かを判断して、どこかにあるデザインから、世界で一着しかないオリジナルの死装束を作り上げられる。それは才能じゃないのか」

「これが、私の才能……？」

「ああ。お前は、もう、立派なフューネラルデザイナーだ」

心に、光が差し込むようだった。

他人に否定され、糸花自身も卑下していた能力を、霜はあっさりすくい上げてくれた。全肯定されたのが嬉しくて、涙がじわっと浮かんでくる。

「霜さん、ありがとう」

葬儀社での仕事は楽しいことばかりではない。

目にする現実は、逃げ出したくなるようなものもある。

それでも出ていかないのは、早月葬儀社に霜がいるからだ。

怖くて、まだ霜の手には触れられない。

でも、糸花はいつか触れられるようになりたいと思う。

彼と手を繋いで笑い合える、そんな関係を築けたらと願ってしまう。

(こんな風に思っているのは、私の方だけなんだろうけど)

玄関前に白いバスが止まり、遺族が乗り込んでいく。乗り口の横に立った利恵が手招いているので、糸花も乗り込まなければならない。

「霜さん。私、そろそろ――」

歩み出した糸花の耳が、霜の小さな声を拾った。

「俺は、お前の作る服が好きだ」

「ふえっ⁉」

糸花は、びっくりして風呂敷を落としそうになった。

まさか、霜がそんな言葉を口にするとは。

（いやいやいや、好きって言われたのは私の作る服！）

自分じゃないと言い聞かせたものの、鼓動《こどう》がバクバクと弾んでうるさい。

振り向いた格好で足を止めてしまった糸花を、バスから遺族が覗き込んでいる。

「糸花、皆様お待ちだぞ」

霜に呼びかけられて、糸花は我に返った。

「いま行きます！」

その後、火葬場についた清四郎の遺体は、一時間ほどかけて荼毘《だび》に付された。

白い煙が上っていくのは、アロハシャツが似合いそうな、南国のように真っ青な空だった。

第五話　――愛は虹の彼方に

「葬祭業は許可制ではない……。遺体を埋葬《まいそう》しないと刑事事件に問われる可能性があるが、その期限は法令で定められていない……」

糸花《いとか》は、事務所のソファに座り、分厚い専門書を開いてぶつくさ読み上げていた。

低いテーブルの上には、お葬式関連の書籍が山と積まれている。

出勤してきた響子《きょうこ》は、それを見て二の腕をさすった。

「糸花ちゃんが勉強してる！　明日、吹雪になったらどうしよう。あたしの車、とうにスタッドレスから履き替えてるのにやめてよー!?」

「八月なんだから雪なんて降りませんよ。被服部門のデザイナーといえど、ご葬儀の知識は必要だって思ったから、勉強しているだけです！」

清四郎《せいしろう》の遺族に葬儀プランを説明する際に、糸花は、霜《そう》が普段使っているファイルの資料を読み込んだ。

中には料金体系の他に、副葬品の説明や、地域ごとに異なる慣例についての論文、医学書のコピーがぎっしりと挟んであった。

霜は、それだけの知識をもって、葬儀社の仕事に臨んでいるのだ。

そんな彼を心から尊敬したし、自分は葬儀社の人間なのにあまりにも勉強不足だと痛感した。

「お葬式って、地域によって慣習が違うじゃないですか。弔井《とむらい》町は火葬から葬儀へと進行する骨葬《こつそう》だけど、関東では葬儀をしてから火葬しますよね。なぜ違っているんでしょう？」

「この辺りは漁師町だからよー。親戚が遠方に漁に出てたりすると、訃報《ふほう》を聞いてもすぐには駆けつけられないじゃない？　だから火葬を先に済ませておこうっていう文化があったの。お骨の状態だったら、ご葬儀の日取りが多少遅れても問題ないものね。葬祭って法令で定められない部分だから、地方ルールが色濃く残っているのよ」

「響子さんは、地域ごとの慣習を覚えているんですか？」

朝ごはん代わりのチョコレートバーをかじる響子は、リスのように膨んだ頬をぶんぶんと振った。

「まーさーかー！　その場その場で勉強させてもらってるわー。高齢の参列者さんから、ダメ出しを食らうことだってしょっちゅう。日本全国の慣習が頭に入ってるのって、霜ちゃんぐらいじゃないのー？」

「霜さんって他の地域にも詳しいんですね」

「詳しいというより覚えが良いのよー。小学生の頃なんて、弔井町きっての神童って呼ばれていたんだから。中学卒業後にアメリカ留学して、飛び級制度を使って大学に入って、シン何とかっていう葬祭専門大学の博士課程に進んだの」

「博士ですか……」

糸花の頭に、白衣を着た霜の姿が浮かんだ。美形な顔立ちに嫌味なほど似合う。

「葬祭関連の博士って、お葬式の歴史とか調べるんですか？」

「それは歴史学者の仕事でしょ？　霜ちゃんがなったのは、フューネラルディレクターっていうお葬式の専門家。ご葬儀の全てを請け負う人のことで、アメリカでは弁護士や医者みたいに社会的地位の高い難関資格なのよ。素人は手も足も出せないのー」

「日本とは違うんですね」

「そもそも、日本だと許可制ではないじゃない。安かろう悪かろうを地で行く葬儀社もあるし、ド素人がろくな知識もないままやってるところもあるわけよ。価格競争が激しくなっても、うちみたいな小さな会社がやってけるのは、霜ちゃんの知識と技術があるおかげなのよねー」

「医師免許と同じくらい難しい資格を取れたってことは、葬祭業とは異なる道にも進めたんですよね。霜さんは、どうしてこの仕事にこだわったんでしょう？」

日本では、葬祭業は社会的地位が高いとはいえない。

医者や弁護士になれるなら、そちらを選んだ方が豊かに生きられる。

「思うところがあったんでしょうねー。霜ちゃん、優しいから」

響子は、菓子袋を漁る手を止めて、もの憂げに微笑《ほほえ》んだ。

「昔は弔井町にもいくつか葬儀社があったけど、過疎化に嫌気がさして若者が都会に出ちゃうから、跡継ぎがいなくてどんどん廃業してったの。唯一残った早月《さつき》葬儀社の先代社長と副社長——霜ちゃんのお父さんとお母さんのことだけど、人柄が良くて仕事熱心で、遺族に寄り添ったお葬式をあげてくれるって評判だったのよ」

響子の父親は最年長の社員で、複数の従業員をまとめる役割を担いながら、霜の両親のもとで忙《せわ》しなく働いていた。

その背中を見て育った響子は、自分も葬祭業につこうと決心したのだという。

「先代は家業のキツさも分かっていたから、春佳《はるか》達には自分のやりたい仕事につけってご指導されていたの。霜ちゃんもそのつもりで医師を志していたようだけど、ご両親が亡くなって早月葬儀社が存続の危機になったら、自分が継ぐって申し出たのよ」

当時の霜は、まだ中学生だった。

響子の父に早月葬儀社を任せた彼は、両親の保険金を使ってアメリカ留学し、葬儀に関する知識やエンバーミング技術を習得して帰国。会社を継いだ。

「霜さんって、子どもの頃から有言実行の人だったんですね。中学生で将来を決めちゃうなんて、私にはできないです。当時の写真とか残ってないんですか?」

好奇心から出た言葉に、響子は弱った風に眉を下げる。

「ごめんねー。家には残ってないのよ。一枚も」

「そうですか……」

残念だが、無いものは仕方がない。

事務所にも、霜の自宅にも、三階の作業部屋にも写真は飾られていないから、何となく察してはいた。

(卒業アルバムとか残ってないのかな。霜さんに聞いても見せてくれなさそうだけど)

おねだり作戦を考えていると、事務所の電話が鳴った。

「はい。早月葬儀社です」

『糸花か』

相手は、朝からセレモニー会館に行っている霜だった。

会館がリフォーム時期で、関連会社の上役が集まって意見を出し合うミーティングがあるのだ。

『忘れ物を届けてくれないか。先月の葬祭ショーで見た移動式祭壇の資料が、自室のチェストの上にあるはずだ』

「チェストの上ね。分かった」

受話器を置いて二階に上がった糸花は、リビングの左手側にあるドアを開けた。普段は霜の生活領域になっているので、糸花が立ち入るのはこれが初めてだ。

「うわぁ、広い！　私の方とは全然違う‼」

ドアの向こうは二十畳ほどの部屋になっていた。ただし家具はベッドと本棚くらいしかない。

クローゼットの扉は開けっぱなしで、中身は案の定、黒い服だらけだった。

「黒すぎる……。って、ワードローブをチェックしてる場合じゃなかった。チェスト、チェストと……」

見回した糸花の目に、陽の光に浮かび上がる白い人影が映った。

「ひっ！」

泥棒かと思ってベッドの陰にうずくまる。

何の音もしないので、恐る恐る顔を上げると、それは白いシーツをかけられた等身大の置物だった。

浮かび上がったシルエットに見覚えがある気がして布を取り去ると、赤い目安線が入った洋裁用のトルソーが現れた。

糸花が普段使いしているものは一般的なMサイズにあたる九号だが、それより細身の七号だ。

着せられていたのは、作りかけのウェディングドレスだった。

清らかな純白を見て、糸花の頭から血の気が引いた。

「霜さんは家族を亡くしたって聞いていたけど、これは、お父さんやお母さんのためのものじゃない……」

雅《みやび》も響子も、平太《へいた》ですらも、霜の過去に口が重い理由が分かった。

霜には、かつて式を間近に控えた婚約者がいたのだろう。

ウェディングドレスを特注するほど愛した女性と死別したから、心に大きな穴が空いてしまったのだ。

糸花は、目的の資料を掴み取ると、足早に部屋を出た。

エレベーターに乗り込んだが、ボタンを押す気力もなく壁に寄りかかる。

こめかみがドクドクと脈打って、胸が苦しい。

まるで失恋したみたいだ。

「私、霜さんが好きなのかな……」

自分に問いかけてみたけれど、答えははっきりしなかった。

事務所に戻ると、電話で依頼を受けた響子が外出準備をしていた。

車での送迎をしてもらえないため、自転車に乗って会館に向かう。

炎天下に、三十分かけて資料を届けた汗だくの糸花に、霜は自動車免許の取得を勧めたのだった。


「免許を取るための学校って、こんなに高いの⁉」

糸花は、パソコンで自動車学校のサイトを開いて目を剝《む》いた。

仮免許を取得するためのカリキュラムを受けるだけで三十万円。仮免試験に不合格になると、卒業不可でさらに追加料金がかかる。

本免試験は別料金だから結構な出費だ。

最短で取れる合宿免許というものもあるが、長期休みを利用して免許を取得する大学生に向けたもので、二十日間は朝から晩まで拘束される。

働きながら取得を目指す糸花には、とうてい無理な日程だった。

「どうしよう、霜さん……」

デスクで事務仕事をしていた霜は、書類から顔も上げずに答えた。

「どこの学校も学費はそのくらいだ。公共交通機関が乏しく、移動面積が広い田舎では、自動車免許と自家用車がないと日常生活に支障をきたす。安いからってオートマを選ぶなよ。マニュアル一択だ」

「マニュアルって、いちいちレバーを動かす車だよね？」

「あれはギアやシフトと呼ぶ。ボタン式の車種も増えているから、単にレバーと呼ぶと笑われるぞ」

「ギアね、覚えた。でも、うちの車は両方ともオートマだよね？」

早月葬儀社には、社用車が二台ある。

霜が乗っている黒い車は『霊柩車《れいきゅうしゃ》』だ。

棺《ひつぎ》を乗せて移動するための専用車で、国と県から認可を受けている。ドアの下部に『限定（霊柩）』と記されているので分かりやすい。

一方、響子が乗る白いバンは『寝台車』という。

キャスターを固定する装置が付いていて、担架に乗せられた故人を運ぶ。こちらの場合は特に認可はいらないので、早月葬儀社では、病院から葬儀会場への搬送の他、雑務にも使っている。

霊柩車と寝台車のどちらも緑ナンバーだが、マニュアル車ではない。

「オートマ免許で乗れるなら、それ限定でもいいんじゃないの？」

「駄目だ。霊柩車も寝台車もご遺族を乗せる場合がある。ご遺体は貨物扱いだから一種免許さえあれば運転可能だが、生者を乗せて運ぶためには二種免許が必要だ。オートマ限定の二種免許も存在するが、それでは、もしもご遺族の車がマニュアル車だった場合の代行運転ができない」

代行運転というのは、早月葬儀社独自のサービスだ。

遺族が、悲しみのあまり茫然自失《ぼうぜんじしつ》になってしまったり、体調を崩したりした場合に、自家用車を代わりに運転して自宅まで送り届ける。

これまでは霜と響子が二人でやっていたが、業務が忙しくて手が回らず、タクシー会社に代行を頼む場面もあった。

糸花が免許を取得すれば、人手が増える。

「費用は出すから心配するな。ただ、仮免に落ちたら承知しないからな」

「え。仮免は難しいって、風の噂で聞いたことがあるんだけど……」

「まともに授業を聞いていれば難しくはない。最短で取れ。仕事に差しつかえる」

霜に冷たい視線を送られて、糸花はたじたじと汗をかいた。

勉強が得意ではないとは、口が裂《さ》けても言えない雰囲気だった。


糸花は、弔井町の隣の市にある自動車学校に通うことにした。

最新型のスポーツカーを運転できることが売りらしいが校舎は古い。廃校になった小学校を再利用しているのだそうだ。

座学を受けた初日から、さっそく実技の運転教習が始まった。

実際に運転してみると、ギアを変える操作よりペダルを踏み込むことに忙しい。

「左のペダルを踏んで、右のペダルをゆっくり踏みながら左を上げていく……。ゆっくり、ゆっくり……」

慎重に足を上げたはずなのに、車はエンストしてしまった。

「えっ、なんで？」

混乱に羞恥心《しゅうちしん》が加わって焦る。すると、さらに上手くいかない。

結局、糸花はハンドルを握ったまま、一ミリも前進せずに一時限を終えた。

助手席に座っていた指導教官は、呆れ顔で嘆息《たんそく》する。

「最初ならこんなものですかね。発車もまともにできない子、あまり見ないけど」

「うう……。すみません」

一コマ終了のサインをもらって車を降りた糸花は、校舎に入った。

学校までは遠いので、霜か響子が送り迎えしてくれることになっている。

スマホに来ていたメッセージを確認すると、今日は霜が来るらしい。

自販機で買ったアイスキャンディーを舐《な》めながら玄関口の外に立った糸花は、非常用の外階段に向かう少女を見つけた。近くの高校の制服を着ている。

高校生が、どうして平日の昼間に出歩いているんだろう。

気になって追うと、外階段には立ち入り禁止のロープが張られていた。

少女は、ロープをくぐり抜けて階段を上っている。

「待って！」

嫌な予感がした糸花は、ロープをまたいで階段を上り、屋上に出た。

空調の室外ユニットや貯水タンクが置かれた空間は、防護フェンスで囲まれている。

少女を探すと、なんとフェンスの外側に立っていた。メンテナンス用の扉が開きっぱなしだから、そこから出たようだ。

ピンク色のリュックを背負い、オーバーサイズの黒いパーカを羽織って、屋上の角に立った少女は、吹き上げる風に長い黒髪をなびかせている。

「早まっちゃダメ！」

糸花はフェンスを片手で掴《つか》んだ。ガシャンという物音に、驚いた顔で振り向いた少女の頬には、一筋の涙が伝っていた。

「あなたが死んだら、あなたの家族は悲しむよ！」

「……わたしの家族は、わたしが死んでも悲しまない」

前に向き直った少女は、ゴツめのスニーカーで足踏みした。

飛び降りるための準備運動をしているみたいで、糸花の背筋が冷える。

「ダメだってば！　私でよければ話を聞くから、こっちに戻って！」

「何をしている、糸花！」

　地上に視線を落とすと、校舎の前に寝台車が止まっていて、運転席から降りた霜がこちらを見上げていた。

「霜さん、いいところに！　この子が飛び降りないように説得して！」

　霜ほど冷静な人ならば、きっと少女を思い留まらせられる。

　ところが、糸花の期待に反して、霜は少女を睨《にら》み上げた。

「その高さで死ねると思うな！　せいぜい複雑骨折だ。すぐに救命処置をしてやるから、痛い思いだけして生き残ることになるぞ。それでも飛び降りたければ、俺の目の前でやってみろ!!」

「わーっ！　こういう場合は、挑発《ちょうはつ》しちゃいけないんだって！　ごめんね、あの人の言うことは聞かなくていいから！」

　呼びかけても少女は動かない。じっと霜を見下ろしている。

「いいか、よく聞け。飛び降りて死ぬと、遺体は酷い有様になる。どこの葬儀屋も担当したくないだろう。うちは、どんな状態のご遺体でも対応するが、あんな風に命を投げ出すものではない」

　すると、少女はピクリとこめかみを動かした。

「――あなたたち、葬儀屋さんなの？」

　語りかけられた糸花は、これ幸いと身振り手振りで説明する。

「そうだよ！　この市の隣にある弔井町で唯一の葬儀社なの。自分たちで言うのもどうかと思うけど、地元の人にすごく信頼されてるんだよ。一般的なご葬儀を営むだけじゃなく、好きなご衣装で見送ったり、ご遺族の希望にそったオリジナルプランを作ったりもできるの！」

「オリジナルのお葬式……」

　少女はフェンスの内側に戻ってきた。

　だぼついた両袖を伸ばして、糸花の手を包む。

「お願いがあるの……。わたしが死んだら、わたしの考えたお葬式をあげてくれない？」

「あなたが考えた、お葬式？」

　少女はこっくりと頷いた。

　思いも寄らないお願いに面食らった糸花は、霜が階段を駆け上がってくるまで、何も言えなかった。

少女を連れて、霜と糸花は近くの喫茶店に入った。

テーブル席について、霜はホットコーヒー、糸花はアイスティーを注文する。

少女は、メニュー表を指さしてクリームソーダを頼んだ。

青いソーダ水の上に、白いアイスと真っ赤なチェリーが飾られたグラスを前にして、ようやく重たい口を開く。

「わたし、小倉璃子《おぐらりこ》。近くの高校に通ってる。学校は部活動のために残っている生徒が多いし、夜になると定時制の生徒も来るから、飛び降りるには不適当。他の場所を探してて、今日は下見のつもりだった……」

「糸花が止めなくても、飛び降りる気はなかったということだな？」

霜の問いかけに、璃子はこっくりと頷いた。

「準備中。遺書が上手く書けなくて、もう『お葬式はお父さんとお母さんだけでやって』でいいかとも思ったけど、それが守られるかどうか死んじゃったら分からない。だから、信頼できる葬儀屋さんがいるなら頼みたい」

「璃子さんは、どうしてご両親だけのお葬式にしたいんですか？」

「……一応、家族だから……」

気怠《けだる》げに言って、璃子は長いスプーンでミルクアイスをつついた。

「わたしの親は、二人とも教師。お父さんは高校、お母さんは中学の。すごく良い先生だって生徒にも保護者にも評判で、仕事が生きがいだから夜中まで帰ってこない」

「じゃあ、璃子さんはお家ではいつも一人なの？」

「うん。渡されたお金でお惣菜《そうざい》を買って、適当に食べて、寝てる……」

共働き家庭は珍しくない。高校生にもなれば食事は自分で、というのも当たり前になりつつあるが、淡々と答える璃子は少し寂しそうだった。

「親が帰ってこなくて寂しい気持ちは分かる。俺も、多忙な両親のもとに生まれたからな。だが、両親以外にも交遊関係はあるだろう。兄弟はいないのか。学校の友達や部活の先輩に、楽しく過ごせる相手はいないか。好きな歌手や見たいドラマはないのか。死ぬということは、それら全てを手放すということだ」

カップに手も触れずに語りかける霜を、璃子は澄んだ瞳で見つめた。

「一人っ子だから兄弟はいない。友達はいることはいるけど……所詮《しょせん》、他人だよ。音楽やドラマを見ても寂しいのは消えない。それなら、全部いらない」

かき混ぜられるソーダに、溶けたアイスが混じって白く濁《にご》っていく。

グラスの中身のような心の淀みが、璃子の所作《しょさ》に透けて見えた。

「お父さんもお母さんも、学校で受け持っている生徒の方が大事だろうし……」

「そんなことない！　璃子さんのことだって、大切に思っているはずだよ！」

糸花を勘当した父親も、糸花の訃報が届いたら平然としてはいないだろう。どれだけ遠い田舎でも駆けつけて、泣いてくれるはずだ。

親は無償の愛を持っていると信じる糸花に、璃子は冷たい視線を向ける。

「それは幸せな家庭の話。賑《にぎ》やかな家で生きてきた人には分からないと思うけど、わたしの両親は、わたしのことが見えてない。透明人間がいなくなって悲しむ人はいない。わたしが死んでも、二人は授業のために学校に行く。立派な先生だから……」

璃子は、それきり沈黙した。

自分を透明人間だと評する璃子を励ます言葉は、糸花には思いつかなかった。

(なんて無力なんだろう、私)

テーブルの下でぎゅっと拳《こぶし》を握る。そんな糸花の隣で、霜はスリムサイズの手帳を内ポケットから取り出した。

「希望を聞こう。どういった葬儀を望む？」

「四角い日本の棺じゃなくて、ドラキュラが入ってるような形の棺桶《かんおけ》に入りたい。グリンダみたいなドレスを着て」

「吸血鬼ドラキュラに、北の善い魔女か。古風な趣味だな」

「いいでしょ、別に……」

璃子はつんと唇を尖《とが》らせた。

「ドラキュラは分かるけど、グリンダって何のキャラクター?」

糸花が小声で尋ねると、霜は意外そうに瞬きした。

「映画『オズの魔法使』に登場するキャラクターだ。竜巻に飛ばされて虹の向こうに行った主人公のドロシーは、北の魔女グリンダに、願いを叶えてくれる大魔法使いオズの居場所を教えてもらって、会いに行く旅の途中で案山子《かかし》やブリキ男やライオンと出会う」

「璃子さんは、オズの魔法使が好きなんだね」

するとと、璃子は恥ずかしげに頬を染めた。

「夢があって好き。それに、少しうちに似てるから……」

「ドロシーの境遇が?」

「ううん。わたしは脳のない案山子。教師の両親を持ったのに、勉強は好きじゃないから。お父さんは心臓のないブリキ男。熱血教師だって評判がいいのに、家では心がないみたいに笑わないから。お母さんは臆病《おくびょう》なライオン。周りの人の反応が怖くて、お父さんにもわたしにも何も言わないから……」

子どもっぽい想像だ。

璃子は高校生だけれど、心は見た目ほど大人じゃない。彼女の両親は、それに気づいていないのではないだろうか。

霜は、璃子の希望を手帳にざっくりとまとめた。

「西洋の棺は準備できる。ドレスは特注で作ろう。代金の支払いは可能か？」

「お金は親が出すと思う。教師としての世間体《せけんてい》があるから、それくらいは払うよ……」

こんな理由も、自分を愛しているから、ではないのだ。

霜は、カードケースから出した名刺を一枚、璃子に手渡した。

「依頼は受ける。年の近い糸花の方が話しやすいだろうから、連絡は彼女にしてくれ」

糸花は璃子とSNSのアカウントを交換して、手っ取り早くスタンプで挨拶を交わした。送られてきたウサギのスタンプは、絆創膏《ばんそうこう》だらけのキャラクターだ。

人と人はこんなに簡単に繋がれるのに、気持ちはどこまでも離れてしまうのだと、悲しくなった。

葬儀社の二階に戻った糸花は、リビングのソファに崩れ落ちた。

「私、父親から勘当されたときに、なんで私の人生に口を出すんだ、って思ったけど、それは親がちゃんと子どもを見て、心配してくれているからなんだよね」

糸花は、服飾の専門学校に進む前に、大学を中退することに反対する父と大喧嘩をした。

話せば分かってくれると思ったから、全力でぶつかっていったし、父もそのつもりで応じたはずだ。結果的に縁を切るしかなかったけれど、衝突は無駄ではなかったと糸花は感じている。

少なくとも、怒ってくれた父には、糸花への愛情があった。

「私は、璃子さんのご両親に愛情がないとは思えない。忙しさのせいで、娘の寂しさに気づいていないだけじゃないかな？　璃子さんに話してみよう」

「やめろ。火に油だ」

スマホを取り出した糸花に、霜が忠告する。

「ネガティブにはまり込んでいる人間は、他人の説得に耳を傾けないものだ。崖の上にいたお前もそうだったろう」

「う……」

それを言われると弱い。崖から飛び降りようとしたとき、糸花には、周りの言葉を受け入れる余裕はなかった。

失恋でヤケになっていたとはいえ、葬儀社でたくさんの人の死を目の当たりにしていると、いかに自分が愚かだったか痛感する。

「軽々しく死のうとして悪うございました！　今は反省してるもん！」

頬を膨らますと、霜に「子どもか」と呆れられた。

「反省しているならいい。その経験のおかげで、お前は俺より璃子の気持ちが分かるだろうからな。璃子の場合は、両親は受け持っている生徒より自分が大切だ、と本人が認識しなければ希死念慮《きしねんりよ》はなくならない。当人も慰《なぐさ》めは欲していないだろうし、同情されればかえって寂しさが増す。絶望している人間に、特効薬はない」

霜の分析は、死のうとしたことのある糸花よりも理に適っていた。

テレビ台から取り出したケースを開けて、大型テレビに丸いディスクを挿入する片手間なのにだ。

「それは何？」

「映画『オズの魔法使』だ。当時、まだ珍しかったテクニカラーフィルムで撮影され、主演のジュディ・ガーランドはアカデミー子役賞を受賞した。ドレス作りの参考にしろ」

「わわ、待ってよ。今、スケッチブックを用意するから！」

糸花は自室に走って普段使いしている筆記用具を持ってきた。

カーテンを閉めて照明を弱くすると、霜と二人きりの映画上映会が始まった。

古い映画らしく、ノイズがたびたび入る冒頭はセピア色だ。

主人公の少女ドロシーが、厳しい大人に嫌気《いやけ》が差して虹の向こうに行きたいと願い、竜巻に巻き込まれて本当に違う世界に迷い込んでしまったところから、目が覚めるようなカラーの映像に変わる。

グリンダの登場は、そのすぐ後だった。

糸花は、膝《ひざ》に乗せたスケッチブックに魔女のドレスを模写していく。

「袖はオーガンジーかな。スカート部分のボリュームは、ハードチュールを重ねて再現できそう。魔法で輝いている表現は、ラメを糊《のり》で貼り付けるかラインストーンを使って――あれ、ガラスって燃えるんだっけ？」

「お前は、璃子をみすみす死なせるつもりか？　焼くことは考えなくていい」

「そうだよね！」

葬儀社の仕事で、生者の衣装を作る。何とも不思議な展開だ。

グリンダの出番が終わって気が抜けた糸花は、手を止めて物語に見入った。

ドロシーと案山子、ブリキ男、ライオンが、歌い踊りながら、魔法使いのいるエメラルドの都を目指す。意地悪な西の魔女の妨害を受けても、手を取り合って希望を失わずに進んで行く。

それぞれに足りないものを与えてもらうために。

「璃子に足りないのは、親の愛情だ……」

糸花の隣で画面を見つめていた霜が、消え入りそうな声で言う。

「璃子と両親がすれ違っているのは事実だ。だが、親が娘を愛しているかどうか、娘の死を悲しまないかどうかは、今のままでは分からない」

霜の手には、古い卒業アルバムがあった。映画のディスクを探すついでに持ってきたらしい。

水でもこぼしたのか、ヨレヨレになった表紙をめくると、クラスごとの集合写真のページが現われた。

眼鏡をかけたショートカットの女性教師と、セーラー服と学ラン姿の中学生たちが、いささか緊張した面持ちで写真に収まっている。

並びの左端に霜もいた。幼さが残る顔立ちだ。

「昔の霜さんだ。可愛いね！」

「俺を探すな。今、話題にしているのはこっちだ」

霜の指が、並んだ生徒のまん中で笑う教師を叩いた。

「小倉可南子《かなこ》先生。俺が中学生のときの担任で、璃子の母親だ」

「璃子さんの⁉」

「田舎の人間関係は狭いからな。どこかで誰かが知り合いだ」

「それは凄い……」

　都会育ちの糸花には、何とも理解しがたい社会である。

「小倉先生の専門は古典で、指導は熱心だった。公立中学校は、偏差値で足切りせずに子どもを受け入れるから、授業について行けない生徒も出てくる。そういう生徒を教えるのは苦労すると思うが、小倉先生は置き去りにしなかった。家庭環境に問題を抱えた生徒や不良じみた生徒にも分け隔《へだ》てなく接していたし、俺のように社交的でない生徒に話を振るのも上手かった」

「へー、意外！　霜さんって内気だったんだ」

「昔の話だ。今はそうではない」

　不服そうに言い返した霜は、エンドロールが映るテレビを消して、アルバムの後部に記されていた電話番号をなぞる。

「小倉先生にコンタクトを取ろう。今回のご葬儀までは時間があるからな」

　霜は、可南子との対面を中学校へ申し入れた。可南子は生徒として受け持っていた霜を覚えていて、放課後に面会時間を設けてくれた。

　よそ行き用のワンピースを着て中学校に向かった糸花は、グレーのスーツを着た霜と共に面談室に入った。

時間ぴったりに現れたのは、ベージュのツーピースを着た丸い顔の中年女性だった。口元が弧を描いていて、いかにも優しそうだ。

霜がソファから腰を上げたので、糸花もそれにならう。

「お久しぶりです、小倉先生」

「本当に久しぶりね。留学先から帰国して、すぐに家業を継いだと聞いているわ。流行っているそうじゃないの」

「おかげさまで仕事はつきません。職業柄、あまり喜べもしないのですが」

「そういうところは変わっていないわね。安心したわ。二人とも、どうぞ座って」

勧められてソファに腰かけた糸花を、可南子は璃子と似た目で見た。

「隣のお嬢さんは？　この学校の生徒じゃないようだけど」

「俺の婚約者です」

「こっ⁉」

急に何を言い出すんだと、糸花は霜を見た。

あからさまに動揺《どうよう》する糸花に対して、霜は堂々としている。

おかげで、可南子は嘘に気づくことなく、嬉しそうに口元に手を当てた。

「早月君もついに結婚なのね。おめでとう。式は挙げるの？」

「小さな規模ではありますが、来月催《もよお》すつもりでいます。そこで小倉先生にお願いがありまして……。俺は両親がいないので、小倉先生と旦那様に、新郎の家族役をやってもらえないかと」

霜が目を伏せると、可南子の目に涙が浮かんだ。

「そうだったわね。先生にできることなら家族役でも何でもやるわ。夫にも話しておくわね」

「ありがとうございます。会場や日時は追ってご連絡します。小倉先生には、娘さんがいらっしゃいますよね。ご招待してよろしいでしょうか？」

さりげなく璃子の話題を振ると、可南子は手を頬に当てて残念がった。

「ごめんなさいね。うちの子、ちょうど反抗期で話しかけても返事をしてくれないの。招待してもらっても参加はしないと思うわ。愛情込めて育ててきたつもりだけど、どうしてあんな風になってしまったのかしらね……」

璃子が我がまま放題しているように話す可南子に、糸花は不信感を持った。

（おかしいな。璃子さんの話では、ご両親が自分に興味がないっていうのが、すれ違いの理由だったのに……）

どちらかが嘘を吐《つ》いているのだろうか。

糸花の見立てでは、璃子も可南子も本心で話しているような気がするのだが。

表情が硬くなる糸花に、可南子は、にこりと笑いかけた。

「うちの子も、あなたみたいに溌剌《はつらつ》とした女性になってほしいわ。ただの元担任が言えた義理ではないかもしれないけれど、早月君のことをよろしくお願いしますね。婚約者さん」

「えっ、と。はい、努力します！」

嘘を吐いている手前、微笑ましい視線を送られると心苦しい。

（なんとかして、霜さん！）

「……では、俺たちはこれで。行こうか」

普段より五倍増しに優しい霜に促《うなが》されて、糸花は立ち上がった。

霜は、職員用出口まで見送りに来た可南子に見せつけるように、階段や靴箱の前で糸花に手を貸すという、俳優も真っ青の演技を繰り出した。

校舎を出て、車に戻った糸花は、ついに混乱を爆発させる。

「婚約者ってどういうこと！　璃子さんのことをちゃんと見てあげて、って説得しに来たんじゃないの⁉」

「小倉先生の話を聞いて分からなかったのか。璃子と両親の間柄は、すでに話して改善する状態ではない」

「璃子さんとコミュニケーションが取れないのを、反抗期だって決めつけているのは、私もどうかと思ったけど……。そうじゃないって説明すれば、分かってくれそうな人だったじゃん！」

「親だけが理解しても意味がない。人生経験が豊富な大人は、どんな状況にあっても家族の絆《きずな》はあると信じられるが、子どもはそうではない。俺達がすべきことは説得ではなく、親が本心では愛情を持っていると、璃子の目に見えるようにすることだ」

「見えるようにって……無理だよ。愛情って見えないものだもん」

糸花には、霜の話は机上《きじょう》の空論に思えた。

「魔法が現実にはないみたいに、感情を見えるようにする手段もないでしょ。どうするの？」

霜はエンジンをかけて、ハンドルに置いた腕に顎《あご》をのせた。

「人の本心というのは、非日常的な状況下にならなければ発現しない。どんなに嘘が上手な人間でも、儀式の場では素が明らかになる。感情にまかせて声を上げる人もいれば、秘めて声を発しない人もいるだろう。そこでだ、糸花」

霜は、ハンドルから体を起こし、糸花の顔を覗き込んだ。

「今の話は、葬式と結婚式、どちらの話だと思う？」

「どちらって……」

葬儀では、滝のように泣く人もいれば、涙を堪《こら》えて平静を保つ人も見てきた。

感情のせめぎ合いが起こるのは、きっと結婚式でも同じだろう。

「どちらも当てはまる、かな？」

「正解だ。葬式も結婚式も、元を辿れば儀式の一つだ。璃子が死ななくても、非日常は作り上げられる。俺の結婚式という体で。璃子の両親には結婚式、そして璃子には葬儀の予行演習だと話して同じ会場に集まってもらい、お互いの本心をさらけ出せる場をつくる」

「だから、婚約者って嘘を吐いたんだ。そういうのは先に言ってよ、もう！」

「従業員に名演技を求めるほど、役者には困ってない」

薄く笑った霜は、糸花が持ち歩いていたスケッチブックを見下ろした。

「俺達はこれから魔法使いになる。璃子の目が覚めるような、美しいドレスを頼むぞ」

「任せて。私の本領、発揮してみせるから！」

糸花はスケッチブックを抱きしめた。

上手に魔法をかけられるかどうかは、この腕にかかっている。

隣の市には大型のショッピングモールがあり、全国チェーンの手芸店が入っていた。中学校からの帰りに寄ってもらった糸花は、てきぱきと材料を揃《そろ》えていった。買い求めたのは、しなやかなサテン。透け感の美しいオーガンジー。細かなひだの付いたハードチュール。きらめくガラスのビジューだ。

早月葬儀社のビルに戻ると、さっそく糸花は、採寸のために璃子を呼び出した。

翌日、制服にパーカを羽織った格好で現れた璃子は、二階のインターホンを押した。

「はーい。あ、璃子さん。いらっしゃい！」

エプロン姿の糸花が玄関を開けると、璃子は一直線に揃えた前髪の下の目を丸くした。

「料理中？」

「うん。霜さんが、璃子さんに話したいことがあるんだって。もうお昼近いし、ご飯を食べながら聞いたらどうかなって準備してたの。どうぞ、入って」

璃子は、足音を忍ばせて部屋に入った。

リビングで待っていた霜は、古い映画を映していたテレビから振り向く。

「いらっしゃい」

「お邪魔します……。二人は、同棲《どうせい》してるの？」

きょとんとした顔で尋ねられて、糸花は慌てた。

「違う違う！　私が居候《いそうろう》させてもらってるだけ！　ここにいれば家賃も生活費も要らないって好条件なの。家事は、霜さんが多忙だから代わりにやってるだけで、花嫁修業とかじゃないから！」

「…………」

呆《あき》れたような璃子の視線に、霜の目が据わる。

「なんだ。言いたいことがあるなら言え」

「甘え方が卑怯《ひきょう》……」

そう言うなり、璃子は背負っていたリュックを下ろして、キッチンに向かった。手を洗って、昼食を準備していた糸花を手伝ってくれる。

「あなたたち、お母さんに会ったんだね。結婚式を挙げるって嘘ついて、うちがどんな一家か探ろうとした？」

「あはは、バレてたか」

糸花はから笑いした。

純粋な璃子は、霜の思惑には気づいていない様子だ。

たわいもない会話をしながら作るのは、冷やし中華である。

手軽に作れるのに加え、嫌いな人が少ない、夏の定番料理だ。

氷水で締めた黄色い麺を、ガラスの器にこんもりと盛り、細く切ったハムとキュウリ、スライスしたトマトを飾り付ける。

璃子が喜んでくれるように、薄焼き玉子は細かく切り込みを入れて丸め、たんぽぽの形にして山の天辺に乗せた。

付け合わせは、茹《ゆ》でたほうれん草に蒸し鶏を裂いて混ぜたナムルだ。短冊状に切った人参《にんじん》の色合いとガーリックの香りが食欲をそそる。

「これで完成！　運んでくれる？」

「うん……」

敷いてあったランチョンマットの上に、璃子は三人分のお皿を置いた。

定位置に腰かけた霜の向かいに璃子、その隣に糸花が座る。

璃子は、手を合わせて「いただきます」と口にしてから、箸を持ち上げた。ハムと麺を絡ませて、一口食べるなり顔を輝かせる。

「この味付け、好き……。冷やし中華なのに、あんまり酸《す》っぱくない」

「特製のレシピを使ってるんだよ。普通の中華タレって、お酢や醤油《しょうゆ》をお湯で溶いて作るんだけど、私はいったん火にかけて、酸っぱさを飛ばしてるの。そうすると食べやすくなるんだ」

酸味は好きだが、酸っぱさは苦手という人は意外に多い。火にかけると、お酢の尖った風味が揮発して、ほどよく酸味だけが残るのだ。

璃子は、薄焼き玉子で作ったたんぽぽを箸でつまんだ。

「これもかわいい……。誰かが作ってくれた料理なんて、久しぶり」

「手料理を食べたいなら、自分で作る手もある。糸花に習ったらどうだ」

霜が助言すると、璃子の表情が一転してキツくなった。

「そういうのウザい。もう死ぬのに、料理できるようになる必要ないでしょ。死ぬのを止めるのは、葬儀屋さんの仕事じゃないのに、どうしてそんなことするの」

「たくさんの人の死を見てきたからだ」

「死」

間髪《かんはつ》容れずに返答された璃子は、黒い目を揺らして動揺した。

霜は、箸を置いて麦茶を一口含む。

「老衰《ろうすい》、病死、事故死、災害死……。俺が見てきた死には、悲惨《ひさん》なものも幸福なものもあったが、どんな場合でも変わらないことがある。悲しむ人間がいるということだ。人死になんてないに越したことはない。だから俺は、目の前で死のうとしている人がいたら、誰に何を言われようが必ず止める。自ら死ぬ人間を、俺の前では作らない。……絶対に」

ぐっと握られた拳に、霜の本気がうかがえた。だが、璃子の態度は冷めている。

「悲しまれない人間だっているでしょ。家族に愛されない、わたしみたいに」

「いない。一人たりとも」

「嘘だ」

「嘘ではない。孤独死した高齢者がいたら、遠方の親戚に連絡することになるが、たいてい慌てて駆けつけてくる。身元が分からない行旅死亡人《こうりょしぼうにん》が出たら、火葬を手配する役所の人間が辛そうな声で依頼してくる。盆や彼岸《ひがん》で寺に行く人達も、新仏に自分の家のお供え物を別《わ》けて置き、手を合わせるだろう。人間は社会を作って生きる動物だ。誰かが死ねば、皆が悲しむ。そういう風にできている」

お墓参りでは、自分の先祖が眠っているわけではない六地蔵に手を合わせて、無縁仏にもお菓子や赤飯を供える。

名前すら知らない者の死を悼《いた》むことができる動物は、人間だけだ。

「じゃあ、わたしが最初の一人だね。お父さんもお母さんも、泣かないだろうし」

「俺が泣く」

霜がいきなり言い出したので、璃子は当惑する。

「お兄さんが？」

「悪いか。俺は悲しいときは素直に悲しむ主義だ」

「………慰めでしょ、どうせ」

「私も泣くよ、璃子さん！」

糸花が言うと、璃子は、もごもごと口を動かした。

「そう。二人とも、悲しんでくれるんだ……」

璃子は、噛みしめるように呟いて、ふっと顔を上げた。

「で、お兄さんのお話って何なの？」

「お前の葬式の、予行演習をさせてもらえないか。本番と同じ会場で、糸花が作ったドレスを着て、取り寄せた西洋の棺で横になった感想をもらいたい。俺はここまで華やかな式は取り仕切ったことがないので、後学のためだ」

「別にいいよ。だから、本番では泣かないでね。お兄さんも、お姉さんも」

璃子のお願いに、糸花と霜は頷《うなず》いた。

このとき、すでに魔法にかけられていることを、彼女はまだ知らない。


昼食を終えた糸花は、璃子を連れて三階の作業部屋に入った。霜は、急な依頼が入って病院へ向かったので、璃子と二人きりだ。

璃子は、作業台に並べられた材料を見て、目を輝かせる。

「綺麗……。死装束なのに、こんなに本格的に作ってもらえるんだ」

「普段は、納棺の儀に間に合わせないといけないから、ここまで手の込んだことはしないよ。璃子さんにだけ特別。ドレスって、体にぴったりじゃないと格好悪いものだから、採寸させてくれる？」

「いいよ」

璃子に下着姿になってもらって、メジャーで細かくサイズを測っていく。

胸囲やウエストだけでなく、肩幅や首の細さ、デコルテの長さ、バストの角度まで正確に。

首元から踝《くるぶし》までの長さを測る糸花に、背を向けた璃子が話す。

「あのお兄さん、善い人なんだね。お母さん、珍しくお父さんに話してたよ。震災で親を亡くした生徒だから、できるだけ力になりたいって」

「しんさい……？」

突然の話題に、糸花の手からメジャーがすべり落ちた。丸いケースごと部屋の端まで転がっていき、カラカラと回転して止まる。

璃子は珍しそうに、固まる糸花を見た。

「知らない？　十年くらい前に強い地震があったの。揺れも凄かったけど、高い津波が来たせいで、海沿いは被害が大きくなった」

「知ってる。小学生の頃、テレビで見た……」

地震の影響は東京にもあり、数日は学校に通えなかった。テレビ番組はどこも地震と津波のニュースばかりだった。

画面に流れる悲惨な映像を、糸花は十年経っても覚えている。

けれど、今の今までその現場がここだと結びつけられなかった。

心のどこかで、自分とは繋《つな》がりのない世界で起きたことのように認識していたのかもしれない。

まるで、セピア色の古い映画みたいに。

「霜さんの家族も、震災に巻き込まれたの?」

「お母さんの話だとそうみたい。家族みんなで避難《ひなん》している途中で波に飲まれたけど、お兄さんだけは運よく助かったんだって」

霜が見るという悪夢。海に引きずり込まれるイメージは、夢想が作りだしたものではない。実際に体験していたのだ。

家族が亡くなり、一人だけ生き残った霜はどんな気持ちだっただろう。

どれだけ悔しかっただろう。

どれだけ悲しかったろう。

霜の気持ちを想像すると、糸花の目から涙があふれてくる。

「ごめんなさい。私、何にも知らないで、この町にいた……」

涙にむせる糸花の背を、璃子は優しい手つきで撫でた。

「何にも知らないのは悪いことじゃない。震災を思い出さないくらい復興したってことだから。生き残った人のほとんどは高台に家を建てたけど、最近はこの辺りの土地も売れてるってニュースで見たよ。都会の人とかが移り住んでいるんだって。忘れちゃだめって大人は言うけど、みんな忘れていくのが自然……」

璃子の言う通りだ。どれだけ悲惨な報道を見ようとも、人々は忘れてしまう。万全にしたはずの備えから徐々に手を抜いていき、忘れきった頃に後悔することになる。

死はいつだって生者につきまとい、ときとして残酷に襲い来るものなのに。だから、自ら死んだりしてはいけないのだ。

寂しくても、辛くても、絶対に。

「ねえ、璃子さん。霜さんが家族を亡くしたって知ってても、死にたい？」

「うん……。お兄さんが止める気持ちも分かる。でも、わたしはもう十分に苦しんだよ。お姉さんも、お兄さんみたいに止めたい？」

すがるような目で見られたので、糸花はぐっと気持ちを押し止めた。

「――止めないよ。生きてるのが一番苦しいんだもんね。私、璃子さんのドレスを素晴らしいものにしてみせる。璃子さんを、霜さんが見蕩れるくらい綺麗な魔女にするから、期待してて！」

熱を込めて宣言すると、璃子は嬉しそうに笑った。

「うん。楽しみにしてる」


糸花は、計測したサイズをもとにトワルを組んだ。

トワルとは、型紙通りに裁断した試し縫い用の布のことだ。ピンで留めたり粗く縫ったりしてトルソーや人に着せ、イメージと違いがないかチェックする。

どんなに正確にパターンを引いても、トワルを組んでみたら想像と異なっていたり、印象が変わったりする。

ドレスなど、特に見た目の美しさが必要とされる衣服では、トワルを組んで調節してから、本番の布を使って仕立てるのが鉄則だ。

璃子はスレンダーな体型なので、身頃の幅を少し減らし、袖を映画で見たよりボリューミーにして、全体のバランスを取ることにした。

修正位置にチャコペンで印を付けていると、午後の六時を報せるサイレンが聞こえた。弔井町では、防災放送のスピーカーから、朝と夕方に時報が鳴る。

「今日はここまでにしようっと！」

糸花は、まち針の数を数えてしまい、ミシンにカバーをかけて作業部屋を出た。

出勤表を付けるため、エレベーターで一階に下りる。短い廊下を歩いて事務所への扉に手をかけたとき、中から男性の声が聞こえた。

「自死願望のある女子高生を助けたい、ね。霜も大変だな」

声の主は、平太だった。葬儀の予行演習で使うブーケを依頼すると言っていたから、ここで相談しているのだろう。

「花の準備は大丈夫。綺麗なの見つくろってブーケにしとくよ。ところで、糸花さんはどうなの。楽しく仕事できてる？」

いきなり話題が自分に向いたので、出ていくタイミングを失ってしまった。

盗み聞きされていると知らない霜は、低い声で語っていく。

「楽しいかどうかは知らないが、フューネラルデザイナーの仕事に加えて、ご葬儀の手伝いも積極的にやっている。遺体に触れている俺には忌避感《きひかん》を拭《ぬぐ》えないようだが、日常生活ではおくびにも出さない」

「それって大丈夫なのかよ。だって、一緒に暮らしてるんだろ？」

「問題はない。同じ家に住んでいるが、すれ違いの生活だ。仕事を続けられないと思ったら、いつでも申し出るように話してある。……もう、俺が見張っていなくても、死のうとはしないだろう」

　ふっと微笑む気配があった。

　音を立てないように扉を開けて覗くと、霜と平太がソファに座っていて、糸花の方からは彼らの後ろ姿が見える。

「糸花さん、あれから一度も死にたいって言ってないわけ？」

「ああ。あの日、助けられてよかった。避けられない災害や事故でもないのに、無為に死ぬ人間を見たくはない」

　心から安堵した様子に、糸花は霜が璃子に語った言葉を思い出す。


——自ら死ぬ人間を、俺の前では作らない。絶対に。


　その信念は、たくさんの人の死を見た結果として、霜の心に宿ったという。

（それも震災がきっかけだったんだ）

　家族を失った霜にとって、せっかくの命に自ら終止符を打とうとする糸花は、腹立たしい存在だったろう。だが、霜はそんな糸花を見捨てなかった。

　蜘蛛《くも》の糸を下ろすように、手を差し伸べてくれた。

（なんて優しい人なんだろう）

クールな態度に隠れていて見逃してしまいがちだけれど、糸花は、霜ほど命を大切に考えている人間を知らない。

生者も、死者も、等しく尊ぶ彼の姿勢に、今も救われている。

トクンと脈打つ鼓動も、胸からこみあげる熱も、霜がそばに置いてくれなければ感じられなかった。

感謝の気持ちで、糸花の胸はいっぱいになる。

「糸花は、強い信念を持って仕事に当たるし、まっすぐな人柄に惹かれて人が集まってくる。家でもそうだ。糸花が話していると、それだけで場が明るくなる。俺はそれに、どれだけ救われたか分からない」

糸花が霜に抱いている気持ちと同じことを呟いて、霜はうな垂《だ》れた。

「糸花といると、家族を失って久しく忘れていた、温かな気持ちを思い出す。このまま近くにいられればと何度も思った。だが、糸花は本来、葬儀社にいるような人材ではない。華やかなアパレル業界に戻って、服作りに打ち込んだ方が、幸せになれるかもしれない……」

「だから、出ていかないでくれって言えないわけね」

まるで、霜が糸花にそばにいてほしがっていると見透かすような台詞だ。

しかも霜は、それを否定しない。

糸花は、声も出せないまま、大いに戸惑った。

(霜さんは、私と、一緒にいたい?)

聞き間違いじゃないかと思った。けれど、続いた平太の言葉がそれを証明する。

「オレ、一緒に生活していける人って貴重だと思うよ。オレが響子さんに拒絶されたら、泣いてすがってでも、置いていかないでって伝えるけどな」

「そんな我がままは言えない。俺の方が年上で、上司だ。弱みを見せれば、仕事に支障が出るかもしれない。嫌だろう。これまで従ってきた相手が、本当は――」

「寂しがり屋で臆病《おくびょう》な奴だなんて?」

「…………」

長い沈黙があった。

霜は、本音を言い当てられると、黙り込んでしまう癖《くせ》がある。

慣れた様子の平太は、幼い弟にでもするように、霜の頭にぽんと手を置いた。

「霜。一人で生きていこうとするの、もう止めないか。家族が震災で死んじゃって一人だけ生き残ったからって、罪悪感を抱くのはどうかしてるよ」

「俺が俺を許したくない。葬儀屋になったのは贖罪《しよくざい》のためでもある。決して、自分が幸せになるためではない」

「知ってる。でもさ、幸せにならないって決めて生きるのはしんどいよ。オレは、誰かが霜と生きてくれたらいいなって思ってる。それが糸花さんだったら、心から祝福するよ。伝えてみたら？」

「伝えたら、糸花はきっと俺の気持ちに応えようとしてくれる。俺の暗い人生に巻き込むなんて……可哀想だ」

「っ」

糸花は扉から離れた。これ以上、霜の弱音を聞いていられなかった。

一階に止まったままのエレベーターに乗り込んで、閉ボタンを押す。

扉が閉まってできた狭い空間で、膝を抱えてしゃがみ込んだ。

（霜さんは、本音では私にここに居てほしいんだ）

そんな相手から、気持ち悪いと言われて、傷つかないはずがない。

フューネラルデザイナーの仕事を続けるかどうか、霜は糸花に判断を委《ゆだ》ねた。

必死に引き留められはしないから、気楽に考えていたけれど。

「ちゃんと答えを出して、伝えなくちゃ……」

決意を口に出すと同時に、エレベーターの扉が開いた。

乗場ボタンを押した格好で霜が立っていて、うずくまる糸花に驚く。

「どうした？」

「ううん。何でもない！　勤務終了のタイム記録しないと！」

せかせかとエレベーターを降りて事務所に向かう糸花の背を、霜は物言いたげに見送った。

璃子のために、霜はセレモニー会館の小ホールを借り切った。

式の当日、礼服と黒留袖を着て現れた小倉夫妻は、カウンターに立った響子に祝福の言葉を伝えた。

「ありがとうございます。新郎新婦は小ホールに控えております。向かいの扉を開けてお進みください」

案内に従って、上機嫌で扉を開けた二人は驚愕した。

「なんだ、これは……」

ホールの中は、ほとんどの照明が落とされていて暗かった。

座席やテーブルは一つもなく、中央にだけスポットライトが当たっている。照らされているのは、十字架が光る黒塗りの西洋棺だ。

棺の向こうに立った霜は、死神を思わせる黒いスーツ姿で二人を迎えた。

「本日は、故人・小倉璃子の葬儀にお越しくださいまして、誠にありがとうございます」

葬儀が始まるときと同じ口上に、可南子は戸惑った。

「璃子が死んだって……。どういうことなの、早月君！」

「先月、璃子様からご依頼がありました。自死するので、自分が望んだ通りの葬儀をあげてほしいと。終活ブームの影響で、生前の葬儀プランニングはご高齢の方に人気ですが、高校生の要望をお聞きするのは初めてでした」

霜は、閉じていた棺の蓋《ふた》を開けた。

「ご覧ください。こちらが故人様です」

敷き詰められた薔薇に埋もれるようにして、美しいドレスを着た璃子が、手を組んで横たわっていた。

袖は透ける素材でふんわりと形づくり、チュールを何重にも重ねたスカート部はボリュームがある。

胸元や腕まわりには、ガラスのビジューを貼り付けて輝きをまとわせている。

王冠の代わりにつけた、白いヘッドホンだけが現代的だ。

「璃子様が希望されたご衣装は、映画『オズの魔法使』に出てくる北の魔女グリンダのドレスです。我が社の被服部員がお作りしました」

「これを、璃子が望んだというの……」

可南子は、その場に崩れ落ちた。

夫の慎《まこと》は、握った拳をふるふると震えさせて、霜に食ってかかる。

「貴様、死のうとしている人間を止めなかったのか！」

「私は葬儀社の人間ですので、そこまでは業務ではございません」

「ふざけるな！」

掴みかかってきた慎の手を、霜は冷たい表情ではたき落とした。

「批難される覚えはありません。お二人とも、家庭をかえりみず仕事に明け暮れていたそうではありませんか。璃子様は、自分がないがしろにされていると感じて、追い詰められていったのです」

「仕事をしているのは家族のためだ。私たちがいい教師でなければ、璃子が周りから白い目で見られてしまうだろう！」

「その周囲の評価というのは、璃子様ご自身より重要なのですか？」

霜の切り返しに、慎は眉を上げた。

「なんだと？」

「評価は批評家のスタンスや気分で変わります。田舎社会は狭いと言われますが、所詮は他人の戯《ざ》れ言《ごと》。正しく生きているなら気にする必要はないものです。そんなものよりも、璃子様ご自身の声を聞いて差し上げるべきだったのでは」

「璃子は、私たちと話したがっていたというのか。でも、この子は反抗期で……」

「子どもは、いつだって親と話したいものですよ。話す暇がないほど忙しそうにしていれば気を遣います。迷惑をかけないように一人で努力もします。けれど、どんなに良い子に振る舞っていても、親に置いていかれた子どもは寂しいんです――」

自分の境遇と重ねたのか、悲しそうに目を伏せた霜は、次の瞬間には、鋭い瞳で二人に現実を突きつけた。

「――璃子様を殺したのは、貴方達だ」

すると、慎の表情は心臓を突かれたように虚《うつ》ろになった。

可南子は、四つん這《ば》いで棺に近づき、縁にしがみつく。

「璃子ちゃん。寂しい思いをさせてごめんなさい。どれだけたくさんの生徒を受け持っていても、あなたが一番大事なのよ」

「私も……お父さんもだ、璃子。家族のためになると思って仕事に打ち込んできたんだ。決してお前を見ていなかったわけじゃない」

慎は顔を真っ赤にして涙を流した。

人格者たる教師とは思えない取り乱しようだった。

「ご両親はこうおっしゃっていますよ、璃子様」

霜が呼びかけると、璃子はパチリと目蓋《まぶた》を開いた。

ヘッドホンを外しながら棺の中で起き上がって、やつれた様子の可南子と慎を交互に見る。

「お父さん、お母さん」

「璃子ちゃん！」

「生きていたのか」

「うん。目を閉じて、葬儀で流す音楽を聴いていただけ……」

璃子の視線を受けた霜は、ポケットから音楽プレーヤーを取り出した。液晶画面には、『オズの魔法使』の挿入歌である『虹の彼方に』が表示されている。

「璃子様には、音楽が鳴り終わるまで、遺体役に徹《てつ》してくださいとお願いしておきました。ノイズキャンセル機能がついたヘッドホンを選んだので、外の音は聞こえなかったはずです。ですが、お二人が棺に近寄った際に音楽は消しましたので、ご両親の想いは聞こえておいででしたね？」

「うん……。二人とも、わたしのこと大事だったんだね」

「当たり前じゃないの！」

「お前は私たちの大切な子どもだ」

小倉夫妻は璃子を力いっぱい抱きしめた。

思いがけない娘の葬式という非日常が、二人の子を愛する本心を暴いたのだ。

空気を読んで棺から離れた霜に、壁際で見守っていた糸花は小走りで近づく。

「成功してよかったね」

「ああ」

霜が満足げな表情をしていたので、糸花の胸は温かくなった。

少しずつ、こんな表情を増やしてあげたい。

そう思えるのは、やはり。

（霜さんのことが好きだからだ）

どんなに悲しい過去を背負っていても、糸花は霜がよかった。

遺体に触れる手への恐怖心は、まだ完全には拭えない。

けれど、それが些細だと思えるくらい大きな感情を、糸花は霜に対して抱いていた。

両親と和解した璃子は、自らの足で棺を出て、霜と糸花に歩み寄った。

「素敵なお葬式を開いてくれてありがとう。おかげで、お父さんとお母さんに愛されてたって気づけた」

「それは何よりだ。ついでに言っておくが、すれ違いの原因はお前にもある。親に愛されていなかろうが親がいなくなろうが、命だけは手放してはならないものだ。自死は、寂しい人生の幕引きの方法ではない。生きられたはずの命を奪う殺人だ。どんな目にあっても、死ぬなんて二度と言うな」

怖い顔をした霜に叱られて、璃子はしゅんと背を丸める。

「ごめんなさい……」

「反省しているようだから今回の費用は請求しないが、糸花にも謝っておけ。お前を一番心配していたのは、彼女だ」

璃子は、糸花の方に向き直って、両手で手を握った。

「お姉さん、心配してくれてありがとう。お姉さんはわたしにとってのドロシーだね。お兄さんはトト」

「トトって、ドロシーの飼い犬だよね？」

さすがに犬扱いはどうだろうと思って見れば、霜は不服そうに眉をひそめていた。

「なぜ俺が飼い犬なんだ」

「だって、お姉さんに守られているじゃない。トトみたいに」

璃子は、魔女が杖を振るうように、人差し指を霜の鼻先に立てた。

「映画の結末を思い出して。案山子も、ブリキ男も、ライオンも、ドロシーと一緒だったから、無いと思っていたものが本当はあるって気づけた。だからお兄さんも見つかるよ。お姉さんといたら、大丈夫」

そこまで言ってから、ドレスのスカートをつまんで、くるりと回る。

「本当に綺麗。わたし、またこのドレスを着たい。二人の結婚式のときに着る。いつにする？」

「いっ⁉　今のところ、そういう予定はないから！」

「ぜったい……？」

「ない！」

大きく両手を振って否定する糸花に、璃子は笑顔を見せた。

採点するなら大成功の赤い花丸が付くような、お葬式の予行演習だった。

第六話
——花嫁にさよならを

日本全域で、葬儀が行われない日、というのがある。

カレンダーに『友引《ともびき》』と記されている日のことだ。

この日は六曜という暦注により、結婚式などの慶事には向いているが、葬式などの凶事には向かないとされている。

また、友を引き寄せるという意味もあるため、早月《さつき》葬儀社では、たとえ遺族から希望を出されても友引の日には葬儀を行わない。

昔ながらのしきたりを知る人の耳に入れば、あの葬儀社は常識を知らないと醜《しゅう》聞《ぶん》が立つ可能性があるからだ。

葬儀はないとはいえ、通常業務はある。

デスクで資料の整理をしていた糸花《いとか》は、霜《そう》に出かけようと誘われて固まってしまった。

「ふ、二人きりで？」

そんなことを言われたら浮かれてしまう。だが、手放しで恋に邁進《まいしん》できない理由があった。

あのウェディングドレスの持ち主が気になっているのである。

十年前の被災当時、霜は中学生だった。

結婚を約束した相手がいるとしても、まだドレスを仕立てる年齢ではない。

（霜さんは、津波で家族を失った。そのあとに、結婚の約束をする恋人ができたけど、彼女も失った。ってこと、だよね？）

ウェディングドレスを仕立てている途中に恋人と死別したから、作りかけの状態で引き取り、部屋に置いている。それなら全ての辻褄《つじつま》があう。

「私でいいの？」

人知れず悩む糸花の言葉をどう取ったのか、霜は呆《あき》れたように告げる。

「そう深刻な内容でもないだろう。出かける用事があるから、付いてくるなら昼飯ぐらいはおごってやると言ってるんだ」

「ご飯おごり⁉　行く。支度させて！」

「一時間以上は待たないぞ。俺は、着替えたらリビングで待っている」

霜と二階に戻った糸花は、大急ぎで自分のワードローブを漁った。

ロングスカートに白いブラウスを合わせて、落ち着いたブラウンカラーのメイクを施《ほどこ》す。髪には、濡れ艶のニュアンスがつくオイルをつけた。

小ぶりなハンドバックを肩にかけた糸花は、姿見に映して考えた。

「デートっぽすぎるかな？　でも、もう時間がない！」

霜に言われた一時間は、あっという間に過ぎてしまった。

緊張しつつリビングに行くと、グレーのジャケットを羽織った霜がいた。

「できたか。行くぞ」

霜に連れられてエレベーターで一階まで下りる。

響子は、事務所に現れた二人を見て、にまにまと口元を緩《ゆる》めた。

「あらー。いいじゃない、いいじゃない！　お似合いだわ！」

「からかわないでください！　霜さんのおごりでタダ飯を食べに行くだけですから！」

「はいはい。ごゆっくりー」

響子を受け流して表に出る。

ビルの隣の駐車場に向かおうとした糸花は、霜に呼び止められた。

「今日は、うちの車は使わない。タクシーを呼んだ」

ちょうどハイヤーがビルの前に止まった。糸花は、霜が運転する車の助手席に乗ることが多いので、彼と並んで後部座席に座るのは不思議な気分だった。

車は四十分ほど走り、隣の市の大学付属病院に到着した。

車を降りて巨大な建物を見上げた糸花は、まずいと思った。

「病院ってことは、ご遺体の搬送だよね？　寝台車で来なくてよかったの？」

「運ぶ必要はない。残念ながら、まだ生きているからな」

「え？」

霜は、正面玄関から病院に入ると、院内のコンビニに寄って水や軽食を買い、入院病棟の五階に上って、肝胆膵外科《かんたんすいげか》のエリアに入った。

奥まった位置にある個室ゾーンに歩いていき、端の戸をノックする。

「入るぞ」

返事も聞かずに開けると、ベッドには意外な人物が横たわっていた。

「雅《みやび》さん！」

水色の入院着を着て週刊誌を開いているのは、湯灌師《ゆかんし》の雅だった。

二本の点滴を受けている彼は、現われた霜と糸花を見て上品に笑う。

「お揃《そろ》いで来てくれはったん？　僕のことは気にせんで、その辺でデートでもしてきたらええのに」

「入院しても、その軽口までは直せなかったか」

霜は、パイプ椅子を糸花に勧めて、可動式のテレビが据え付けられたチェストに買った物を入れていく。

「雅さん、ご病気だったんですか」

「病気は病気やけど、事故みたいなものや」

ショックを受ける糸花に、雅は、さして暗くない調子で説明した。

「二週間ぐらい前、状態の悪いご遺体を担当したんや。ゴム手袋はしとったんやけど、処置が終わって脱ぐときに破れてるのに気づいてな。ちょうど手の平に怪我しとったせいで、傷口を通って細菌が体内に入ったんやね。気づいたら体調不良で動けんくなっとったわ。霜君、ひとつもらってええ？」

他人事のように話しながら、雅は手渡されたヨーグルトの蓋《ふた》を開けた。

「危険な職業なんですね、湯灌師って……」

「納棺師《のうかんし》も同じだ。俺も雅も、感染症に対する抵抗を付けるために一通りのワクチンは受けているが、それでも危険はつきない。全てのご遺体がエンバーミングしてくれたら危険性は下がるが、亡くなってから葬儀までの期間が短い日本では現実的ではないからな」

霜の言葉を、糸花は噛みしめるように聞いていた。

今、こうして話している二人が、いつ感染症で死んでしまうか分からない。

「雅、安心しろ。お前の葬儀は、俺が責任を持って執り行う。豪奢な棺《ひつぎ》に納めて、時代遅れの宮式霊柩車《れいきゅうしゃ》を借りて、盛大に行ってやる」

「霜君てば人が悪いなあ。僕、こぢんまりしたお式が理想やのに」

「嫌なら必ず元気になれ。しばらく休んで、湯灌師を続ける決心がついたら連絡してこい。糸花、出るぞ」

霜は、雅の手に『お見舞』と書かれた封筒を押しつけた。

そのまま去って行く背中に、雅はヒラヒラと手を振る。

「ほんま義理堅いお人やね」

「雅さん、あの……」

糸花は、霜が個室を出たのを見計らって口を開いた。

「十年前、霜さんに何があったのか知りました」

「そうか。びっくりしたやろ？」

「はい。なんで私は霜さんのそばにいなかったんだろうって思いました。もしもいたら、大丈夫だよって支えてあげられたのにって……」

「今からでも遅くないと、僕は思うとるで」

雅の言葉によって、糸花の心にかかった鬱々《うつうつ》とした雲が晴れた。

「――はい。私、自分にできることを探してみます！」

雅は「それがええ」と笑った。

そして、お節介にも「近くにいい臨海公園があるから海でも見いや」とデートプランの心配までしてくれたのだった。

個室を出ると、霜はエレベーターの前で待っていた。糸花が合流して、無人の箱に乗り込む。

チンと鐘《かね》の音が鳴って扉が開くと、真正面に、白衣の男性が立っていた。

糸花は、開扉ボタンを押して霜が出るのを待ったが、彼は一向に歩き出さない。

どうしたんだろうと思ってうかがうと、切れ長の瞳を丸く見開いていた。

「正貴《まさたか》さん……」

「霜君、か？」

目の前の医師は知り合いだったらしい。

エレベーターを待っている客がいたため、糸花は霜を押して無理やり降りた。

「こちらのテーブルが空いています」

近くにあった談話コーナーに、二人を向き合わせで座らせる。

正貴は、糸花をチラリと見た後に、険しい顔つきで腕を組んだ。

「この病院の霊安室は地下にある。裏の関係者用通路から出入りできるはずだ。なぜ、外来患者がいる表玄関サイドにいるんだい？」

「今日は友人の見舞いに来たんです。正貴さんは、いつからこの病院にお勤めですか？」

「半年ほど前に、系列病院からの紹介で入った」

正貴の胸には『外科担当・伊東《いとう》』という名札がある。

腕にはめた高級時計を確認した正貴は、急ぐ表情で立ち上がった。

「すまないが病棟の巡回時間が迫っていてね。気をつけて帰りなさい」

そのまま、エレベーターの方に歩き出す正貴の腕を、霜はすれ違いざまに掴《つか》んだ。

「その指輪……」

「ああ、これか」

正貴は立ち止まって、薬指にプラチナリングをはめた手を振った。

「実は、結婚することになったんだ。籍は来月入れる予定だ」

「誰とですか」

正貴を掴む手に力が籠もる。霜の様子は見るからにおかしかった。

顔は白く、目には恨みとも悲しみともしれない熱が宿っている。

「貴方の婚約者は姉さんだ。ウェディングドレスだって取ってある。姉さんは、津波にさらわれて、まだ見つかっていないのに、裏切るつもりなんですか！」

悲痛な叫びを聞いて、糸花は息をのんだ。

霜が保管しているウェディングドレスは、彼の姉である春佳のものだったのだ。

その婚約者は正貴だが、彼は行方不明の春佳を見かぎって、別の女性と結婚しようとしている。

憤（いきどお）る霜に対して、正貴はやれやれと肩をすくめた。

「霜君、あれからもう十年だよ。生きている見込みはない。葬儀社を経営している君だって分かるだろう」

「見込みがなければ、忘れて次に行くと?」

「そういう話はしていない」

「貴方が言っているのはそういうことだ!」

立ち上がって正貴に掴みかかる霜を、糸花は全力で引き剝《は》がす。

「伊東先生はお仕事に戻ってください! 霜さんは、私が何とかしますから!」

「……霜君、大人になりなさい」

正貴は、白衣の衿《えり》を正して去って行った。

残された霜は、両手で顔を覆う。

「たった十年しか経っていないんだぞ。どうして、結婚なんて……」

「霜さん……」

死の受け止め方は人それぞれだ。葬儀に関わっていると、それがよく分かる。

大切な人の喪失に耐えながら日常生活に戻る人がいれば、頑《かたく》なに死を受け入れられない人だっている。

行方不明者は、七年が経過すれば司法上での死亡判定が下される。

これによって、遺族は生命保険の請求や契約の解約ができるようになるけれど、生きていると信じたい人にとっては、胸を引き裂かれるような宣告だろう。

十年の歳月が流れても霜は、まだ姉の死を受け入れられていないのだ。

「霜さん、大丈夫。大丈夫だから」

糸花は失意に暮れる霜の頭を抱きかかえた。

語りかける糸花本人も何が大丈夫なのか分からなかった。

ただ、霜を悲しみの底から引き上げたい一心だった。

必死だったので、霜への怖《おそ》れは消し飛んでいる。通行人が迷惑そうな顔で横目にしていくが、周囲の目なんかどうだってよかった。

「……取り乱してすまない。帰ろう」

やがて平静を取り戻した霜は、立ち上がった。

二人で病院を出る。

時刻は昼時だが、霜も糸花もお腹が空くような状況ではなかったので、雅が言っていた臨海公園へと向かった。

空は晴天。八月にしては、カラリとした陽気だった。

クジラの石像がある噴水の周りには、ベビーカーを押した母親や、汗だくになって走り回る子ども達が大勢いた。

高齢者が多い弔井町《とむらいちょう》では見られない光景だ。

「あの子達は震災後の生まれだな……。港も、公園も、町も、人も、どんどんあの日のことを忘れていってしまう。俺だけ、取り残されているみたいだ」

霜の足は海が見える丘に向かっていった。

頂上に大きな木が生えていて、石碑には津波の記録が刻まれている。

津波の最高遡上高《そじょうだか》は四十三メートル。高層ビルの十二階に相当する高さだという。

遡上というのは、海から陸へ波が昇っていくことだ。現実的にはあり得ないと思われていた事象が、天災ではたびたび起きる。

丘の頂上で柵に手をかけた霜は、澄んだ瞳で凪《な》いだ海を見下ろした。

「糸花。お前は俺の過去を、どこまで知っている？」

「霜さんが被災者だってことは、璃子《りこ》さんから教えてもらった。そのときご両親を亡くして、早月葬儀社を継ぐって決めたんだろうなって、見当はつけてた」

「そうか。家族を失って絶望していた俺を、響子さんのお父さん――笹木《ささき》さんが叱咤してくれたんだ。大勢のご遺族が待っているのに、葬儀屋が一緒になって泣いていてどうするって。彼も奥さんを亡くしていたのに、一粒の涙もこぼさずに働き続けた。中学生だった俺は、手伝いくらいしかできなかったが、そこでたくさんのご遺体を見た」

見つかった多数の遺体は、学校の体育館に安置されたが、震災の混乱で食料品すら届かなかった時分だ。

電気も水も満足にない。当然、ドライアイスは足りない。雪がチラつく寒い時期ではあったものの、安全に遺体を保管できるような環境ではなかった。

火葬場も被災していたため、多くの遺体は納体袋のまま棺に入れて、いったん地中に仮埋葬《かりまいそう》する処置がとられた。

自衛隊は人命救助に当たっていたので、早月葬儀社にいた従業員数名で、弔井町で見つかった大量の遺体に対処した。

「埋める棺の横で泣き崩れるご遺族を何人も見た。埋めないでくれと取り乱すご遺族に突き飛ばされる従業員もいた。俺は、葬儀社の人間だって近親者を失っているのに、どうしてこんなに辛い思いをしなければならないのかと、笹木さんに聞いたんだ」

すると、こう返ってきた。

――誰かがやらないと、人は悲しみに囚われ続けてしまう。

「どういう意味なのか、俺は計りかねた。だが、仮埋葬やご葬儀を手伝っていて気づいたんだ。悲しみの底にいた人々でも、ご遺体を掘り返して葬儀をあげると、少しずつ自分を取り戻す。家族を失ったショックで自死を考えていた人から、早月葬儀社で葬儀をあげてもらったおかげで悲しみに区切りがついたと言われて、涙が出た。葬儀屋だけが救える人々がいる。そのために、両親はあんなに懸命に働いていたんだと」

両親が取り組んでいた葬祭業は、単なる業務ではない。

感情の激流に翻弄《ほんろう》される人々が、死に区切りをつけて先へ進んでいくために、必要となる立派な仕事だったのだ。

霜の意識は、ここから変わった。

「両親や笹木さん達が真剣に取り組み、弔井町の人々を支えてきた葬儀社を、ここで終わらせたくないと思った。それがこの町で、葬儀屋の息子として育った俺の使命だと感じた。俺は、早月葬儀社を継ぐと決めた。姉の遺体は見つからないままだったが、会社を笹木さんに託して、アメリカへ留学したんだ」

「霜さんのお姉さんは、どんな風に被災したの？」

「……震災当時、姉は正貴さんと一緒にいた。津波警報をラジオで聞いて、山の方へ車で逃げる途中だったんだ」

苦しげに息を吐いた霜の瞳は暗い。

映画館のスクリーンを見るように、当時の悲惨な記憶を思い起こしている。

「自家用車で逃げようとする人々で、どの道も渋滞《じゅうたい》していた。正貴さんは逃げ込める建物がないか、車を置いて探しに出た。そのうちに第一波が来た。車が波に飲まれるのを見たあの人は、一人で民家の屋根に上がったんだ」

「一人だけ？」

「そうでなければ二人とも死んでいただろう。正貴さんの行動は間違っていない」

自然災害が起こった際には、自分の身の安全を第一に行動することが基本とされる。個人が自分を救う行動を取ることで、生存者を増やすのだ。

「俺は、被災者の一人として正貴さんを責められない。正貴さんには正貴さんの人生があり、十年分の出会いがあったと分かっている。だからといって、姉さんとの繋がりを無かったことにしてほしくない。そんなの可哀想だ。結局、十年かかっても骨の一つすら見つけてあげられなかった。姉さんは、まだ、海の底に一人きりでいるのに……」

霜は嗚咽《おえつ》を噛んで顔を伏せた。

糸花の目にも涙がにじんで、鼻がツンとする。

（霜さんに、何かしてあげられたらいいのに）

霜の心に空いた穴が、針と糸で縫い合わせられるものだったら。糸花は、どれだけ時間がかかろうと、どれだけ難しかろうと取り組んだだろう。

霜が納得してくれるまで。霜が満足してくれるまで。

霜が姉の死を受け入れるまで——。

(そうだ)

糸花は、唐突に閃《ひらめ》いた。

霜のためにできることが、一つだけある。

「霜さん」

糸花は、霜に歩み寄って彼の手を掴んだ。

「霜さんの部屋で作りかけのウェディングドレスを見たの。あれは、お姉さんのものなんだよね」

「そうだが……?」

「私に託してくれない?」

すると、霜は不可解そうに顔を上げた。

「何をするつもりだ」

「完成させよう。お姉さんが帰ってきたとき喜んでもらえるように、完成したドレスと一緒に、あの家で待っていようよ!」

霜は、理屈では、姉が生存していないと理解している。

だが、感情の部分で、死んだと割り切る自分を許せずにいる。

正貴にとってのもう十年が、霜にとっては、まだ十年なのだから。

「私、付き合うよ。霜さんと一緒に何年でも待つ。作ったドレスを着てもらうところを、自分の目で見たいもの」

「何年かかるか分からない。下手をしたら一生、俺といることになるぞ」

「それでもいい」

強い瞳で頷くと、霜は、唇をわななかせて、小さく首肯《しゅこう》した。

「頼む」


後日、霜が仮眠をとりに行ったのを見計らって、糸花は響子に話しかけた。

「響子さん、霜さんのお姉さんと親友だったって言ってましたよね。結婚式にも招待されていたんですか?」

ソファに寝そべって、コンビニで買った大福を食べていた響子は、白い粉を口元に付けたまま答えた。

「もちろんよー。披露宴では、友人代表のスピーチをする予定だったの。独身としては出会いの意味でも盛り上がっちゃうじゃない？　でも、結局なしになっちゃったわねー。おかげで今も華の独身よ」

「結婚式の内容について、相談されてませんでした？」

するると、響子はむくっと起き上がった。

「なんで知ってるの。相手がお医者さんで忙しいから、式の準備は春佳が一人でやっていたの。だから、あたしが相談役だったのよ！」

「やっぱり。そんな気がしてました」

糸花は、正貴の話し方や仕草を見て、手間を嫌いそうな人だなと思った。

結婚のあれこれには、他の相談者がいるだろうと想像がついた。

華やかな式というのは、女性の憧れだ。どれだけ手間がかかっても、入念に準備して行いたいものだが、賛同してくれる男性は少数である。

ウェディングドレスをオートクチュールで作る概念も女性独特だ。

男性からすると、一度しか着る機会がないものを、わざわざあつらえるのが理解不能らしい。

「私、春佳さんのウェディングドレスを完成させたいんです。デザイン画が残っていれば見たいので、製作していたアトリエがどこにあるのか知っていたら、教えてもらえませんか？」

「アトリエは、ここよ」

「え？」

響子は人差し指で天井を指した。

「春佳は、デザイナー兼お針子として、ここで働いていたの。『早月葬儀社』は、震災前は冠婚葬祭を一手に担う『早月冠婚葬祭社』だったのよ。結婚式から葬式まで、弔井町で行われる儀式を執り行ってたってわけ。だから、春佳は自分のウェディングドレスを、自分で作ってたの」

「ということは、私が使っているミシンや部屋は……」

「春佳のものよー。このビル、二階までは波に飲まれて壊れたけど、三階はほぼ無事だったから、私物をうちの倉庫に移して保管してあったの。霜ちゃんが地元に帰ってきて早月葬儀社のビルを建て直すときに、春佳の部屋だけはそのまま再現したのよ。あの子、メモ魔だったから、デザイン画もどこかにあると思うけど……」

「私、探してみます！」

糸花は三階に上がって、仕事部屋を探し回った。

葬儀社の一室にしては、奇妙だと初めから思っていた。

生地は、巻きで買い付けた上等なものだ。晴れの日のドレスに使うような煌びやかな資材が揃っているし、レースやボタンはまとめて購入されている。

本来の持ち主である春佳が、一つ一つ見定めて集めたのだろう。

彼女は、宝箱を宝石でいっぱいにするように、資材の全てをクローゼットに収めて逝った。

「デザイン画、あるとしたらどこだろう……」

この部屋を使うようになってから四カ月も経つのに、糸花は春佳が描いたデザイン画を一度も目にしたことがない。

資料の本棚を漁ってみたり、デスクの下にもぐってみたりしたけれど、スケッチすら出てこなかった。

「どこにあるんだろう」

下を見すぎて疲れた顔を上げると、ちょうどミシンの真上、窓の上縁に引っかけるように飾られた額に目が留まった。

白いドレスを着た少女のイラストだ。お洒落《しゃれ》なインテリアアートだと思っていたが、よく見ると右下に入れられたサインは『Ｈａｒｕｋａ』。

端に書かれたデザインテーマは『憧れのドレス』だった。

「これだ！」

糸花は額を持って二階に戻った。

仮眠から起きてコーヒーを飲んでいる霜がいたので、デザイン画を見つけたことを報告してイラストを見せると、眠そうな目がぱちりと開いた。

「あのドレスの完成形は、これだったのか」

霜は、自室からリビングへ、ウェディングドレスごとトルソーを運んできた。

糸花は、未完成のドレスとデザイン画を比べてみる。

「繊細な装飾までよく再現されてる。上半身はこれでほぼ完成形みたいだね。スカート部分は、これからというところだったみたい」

布が垂《た》れ下がっているだけのスカート部分は、デザイン画では、後ろ中央に向かって長く布を引きずるトレーンになっていた。

縫い付けられた幅広レースが、歩くたびに優雅になびいて目を引きそうだ。

「これで、いつでも製作に取りかかれるよ」

「……少し待っていてくれ」

霜は、自室に戻って、台紙が歪《ゆが》んだ写真を持ってきた。

「姉が婚約する前に撮ったものだ。泥に塗れた状態を復元したので不鮮明だが、姉の写真はこれしか残っていない」

写真には、在りし日の早月家が残っていた。

人の好《よ》さそうな父親と母親が二人掛けのソファに並んで座り、その両脇に、緊張した様子の霜と、幸せそうな顔をした春佳が立っている。

「姉に似合うように仕立ててくれるか？」

「任せて」

糸花は、トルソーからドレスを外して三階に戻った。

デザイン画をミシンに立てかけて、床にぺたんと座ってドレスを広げる。

「春佳さん、あなたの作品、私が引き継ぎますね」

宣言してから、針を持つ。

繊細な生地は、ミシンを使うと引きつれてしまうので手縫いが望ましい。

特に、こういったシルク製のウェディングサテンは、柔らかく手触りがよい分、ひっかき傷や摩擦に弱く、ほつれやすい。

糸花は、内側に折り曲げた布を慎重にくくり、縫い止めていった。

作業の合間、合間に、霜に渡された写真を見る。

本来ならば、春佳当人に着せて丈の調節をするところを、想像で仕立てていく。

中学生の霜と並ぶくらい小柄で細身な春佳は、スカート部分にボリュームを持たせたスタイルが似合う。

デザイン画のドレスのように、美しいAラインを実現するには、前から見たときのシルエットとトレーンのバランスが重要だ。

スカートが美しいひだを描きながら後ろへ流れるように、光沢の出方を確認しながら作業を進める。

裾に付けたレースを重ねず広げるため、縫い幅を細かく調整していく。

一針、一針、集中する。

指が震えないように、呼吸を潜めて、手を動かし続ける。

一心に義姉のドレスを仕立てる姿は、さながら童話のシンデレラのようだった。

レースを端まで縫い止めた糸花は、ふうと息を吐いた。

「完成……」

はっとして窓の外を見ると、いつの間にか夜が明けていた。

集中していて、時計を見ようとも思わなかった。

このドレスを着る日を楽しみにしていた春佳に、喜んでもらうにはどうしたらいいかだけを考えて、自分の全てを注ぎ込めた。

「そうか。私、ファッションへの情熱を失ったわけじゃなかったんだ……」

失恋と同時に、火が消えるように失せてしまった気持ち。

すっかり無くなったと思っていたけれど、ショックで見えなくなっていただけで、体の奥ではずっと燻《くすぶ》っていたのだ。

弔井町に来て霜と出会い、フューネラルデザイナーの仕事を任されて、服を作り続けなければ気づけなかっただろう。

命をかけて夢中になれる仕事を、手放してしまうところだった。

涙がじんわりにじんできて、糸花は、ドレスごと自分の膝を抱いた。

「私、霜さんと出会えて良かった」

霜との毎日は、元恋人との付き合いみたいに、ギラギラした高級さやジェットコースターみたいな高揚感《こうようかん》はない。

けれど、穏やかな空気に満ちていて、陽だまりみたいに暖かい。

（ここで生きていこう。フューネラルデザイナーとして）

糸花は、完成品を持って二階に下りていった。

「霜さん、ドレスが完成したよ！」

リビングの扉を開け放つと、霜が電話の子機を耳に当てていた。

「姉さんの遺骨が見つかった？」

「！」

震える声を聞きつけた糸花は、あんぐりと口を開けた。

そして、目を丸くした霜と見つめ合ったのだった。


早月春佳の遺骨は、弔井町沖で海底探査船が回収した砂の中に混じっていた。

指の第二関節部分の欠片《かけら》で、検査技師が単なる石ころだと思ったぐらい小さなものだった。霜から採取したＤＮＡとの鑑定が行われ、一月もせずに家族関係ありと認定された。

霜は、小さな骨壺に納まった姉を、大事そうに抱えて警察署から帰宅した。

「お帰りなさい、霜さん」

「ただいま」

骨壺は、白い結び房が付いた覆い袋のまま、リビングのテーブルに置かれる。

糸花は、霜にするように、それにも声をかけた。

「お帰りなさい、霜さんのお姉さん。ウェディングドレス、完成しましたよ。私の自信作なんです。霜さんから見せてもらってくださいね」

「糸花」

ダイニングの椅子に腰かけた霜は、いつになく体が重たそうだ。ぐったりした様子で言葉を紡《つむ》ぐ。

「姉の葬儀をやろうと思う。お前が完成させたドレスを着せてやりたい」

「それいいね。素敵なお式にしよう！」

「ああ……。そうだな」

糸花が賛同すると、霜は葬儀屋らしい顔に戻って、しゃんと背を伸ばした。

春佳の遺骨が見つかったと話すと、会館は快く大ホールを貸してくれた。

響子は、糸花が作ったウェディングドレスを見て涙を流し、ハート形のバルーンや天使の像を用いた設《しつら》えを提案した。

平太は、はりきってウェディング用のブーケを用意してくれた。

応援に駆けつけた雅《みやび》が持ってきたのは、結婚式の定番ソングが収められたCDとフリルが薔薇《ばら》の花びらのように折り重なったリングピローだ。

棺を置いた台の周りには、雲に見立てた綿が敷かれる。

「うわぁ……」

ホールの入り口から会場を眺めた糸花は、感嘆の息を吐いた。

そばでプログラムを書いていた霜が、聞きつけて顔をしかめる。

「どこか気になるところでもあったか？」

「まるで天国みたいだなって思ったの。ふわふわで、綺麗で、怖い物なんて何にもない、すごく幸せな空間だね」

「良い会場になったのはお前達のおかげだ」

霜は、天使の像の位置を調整する響子と平太を、穏やかな目で見た。

「俺一人では、こんな風に姉の死を受け入れられなかっただろう。これまで見守ってくれた響子さんや平太や雅、会館のスタッフの皆に感謝している」

響子は、霜が弔井町に戻ってきてから、姉がいた頃のように自然体で接してくれた。平太は、毎日のように事務所に顔を出して、花と陽気を運んできては話し相手になってくれた。慰め下手な雅は、からかうことで元気づけようとしてくれた。

それらに助けられて、今の自分がいると、霜は語る。

「俺は、一人で早月葬儀社を続けていくのが天命だと思っていた。だが、色々な人が俺の近くにいて守ってくれた。糸花」

「なに？」

霜は、ペンを置いた腕を伸ばして、糸花の頬に触れた。

「お前にも感謝している。……心から」

まっすぐに見つめられて、糸花の鼓動《こどう》が跳ね上がった。

好きだと自覚しているせいか、瞬く間に体が熱くなる。

「お前が俺といてくれるのは、姉にドレスを着せるまでか？」

「そそそ、それはですね！」

子犬のような瞳で見つめられて、糸花はどもった。

告白してしまおうかとも思ったけれど、これから大事な式がある。

思いを伝えるなら、過去に清算をつけて、霜が未来を見られるようになってからにしたい。

「飾りはばっちり！　あとは椅子ね。ちゃっちゃと並べちゃいましょー！」

響子が号令をかけたので、糸花は霜の手からぱっと離れた。

「わ、私も手伝わないと！」

「……俺もやる」

手分けして椅子を放射状《ほうしゃじょう》に並べていくと、会場設営は完了だ。

会場の外には、結婚式風の招待状をもらった関係者が、めいめいに着飾った格好で現れた。

「お葬式なのに、パーティードレスで良いって本当なの、霜ちゃん？」

「あんた、姉さんが見つかってよかったな」

合同葬をあげた聡美《さとみ》、間を置かずに両親を送り出した利恵《りえ》と清彦《きよひこ》の姿もあった。

小倉《おぐら》夫妻は、グリンダのドレスを身に着けた璃子《りこ》を伴って現れた。

最後に到着した礼服姿の男性に、霜は深く頭を下げる。

「お待ちしておりました。正貴さん」

ホールの入り口に立った正貴は、困惑《こんわく》した表情でお祝いムードの会場を見渡した。

「春佳の葬式をあげると聞いて来たのに、なんだこれは。ふざけているのか？」

「これも立派なご葬儀です。貴方の婚約者の」

トゲのある口調で言った霜は、正貴を遺族席にあたる最前に座らせると、自分はホールの前方右側に立てられたマイクスタンドに向き合った。

会場の照明が落ち、霜にスポットライトが当たる。

「本日は故人・早月春佳の葬儀にお集まりいただき、誠にありがとうございます。震災から長く姿を見せなかった姉が、ようやく我が家に帰ってきてくれました。姉は、近くに執り行う予定だった結婚式を楽しみにしていました。本日は彼女の願いを叶える式でもあります。どうか皆様、今しばらく余興にお付き合いください」

霜が視線で合図を送ると、雅が持ってきたＣＤがかかる。

新婦入場の定番ソングである、ウェディングマーチだ。

音楽に合わせて、礼服をまとった糸花は会場へと入った。

完成したウェディングドレスを手にして、椅子の間をバージンロードに見立てて歩き、新郎の位置で待っていた霜と合流する。

花が敷き詰められた棺に、二人で一礼した。

春佳の骨壺は、人が寝転んだらちょうど手が組まれる位置に置かれていた。

「春佳さん、皆さまにご披露しましょう。ご覧ください。春佳さんのウェディングドレスです！」

糸花は、参列者に向けて純白のドレスを広げた。

横に広がるオフショルダーのネックラインは、クラシカルな印象と上品さが共存していて、肩より下にたゆたうカラーには、繊細な銀糸の刺繍が入れられている。Aラインに広がるスカートはボリュームがあり、長く尾を引くトレーンには、美しいアンティークレースがたなびく。

全体をキラキラと輝かせているのは、縫い留めたガラスビジューだ。

後光が差すような美しさに、参列者から溜め息が漏れた。

「デザインは春佳さんです。作りかけのまま保管されていたのを、私が引き継いでお作りしました。春佳さんには、この衣装にお召し替えしていただきます。霜さん」

渡された霜は、春佳の骨壺が隠れるようにドレスを棺の中へ寝かせた。

「これで姉は花嫁になりました。ですが、まだ足りないものがあります。……正貴さん」

霜は、空のリングピローを持って、険しい顔をしている正貴に近づいた。

「姉の指輪は見つかりませんでした。だから、貴方の指輪をください。貴方が誰と結婚しても、姉にとっては貴方だけが婚約者です。姉との思い出ごと、ここに置いて行ってください」

「だから、春佳と付けていたペアリングを持ってこいと言ったのか……」

正貴は、ポケットから男性サイズの指輪を取り出した。

地金が太めの、古めかしいデザインのものだ。一同が見守る中、指輪をリングピローに置こうとした正貴の手が、躊躇《ためら》うように止まった。

「すまなかった。一人だけ逃げて……」

「姉は怒っていないと思います。俺も、貴方を許します」

霜が小さな声で告げると、正貴は立ち上がった。

「私から贈らせてくれ。春佳に」

正貴は、自らの足で棺に近寄り、広げられたドレスを見つめた。

「君が楽しそうに話してくれたウェディングドレス。こんなに綺麗だったんだな……」

そう呟いて、本来であれば組まれた手があるドレスの胸元に指輪を置く。

「車から助け出せなくてすまない。自分だけ生き残ったあの日から、情けなく生きてきた。そんな私を受け入れてくれる人に出会ったんだ。君だけを想い続けられなかった私を、どうか許してほしい。今さら信じてもらえないかもしれないが、私は、たしかに、君を愛していた……」

懺悔《ざんげ》する肩は震えていた。広い背中は丸まっていて、参列者の方からは、まるで最愛の花嫁を抱きしめているように見えた。

彼の反対側から棺に近づいた霜は、白いブーケをドレスの胸元に載せた。

その拍子に、俯《うつむ》いた瞳から一粒の涙が落ちる。

「姉さん。おめでとう」

霜は、静かに泣いていた。

止めどなくあふれる雫が、白い頰を次々に伝い落ちていく。

冷徹《れいてつ》な彼が見せた美しい涙に、参列者は思わずもらい泣きする。

糸花もまた、涙を禁じ得なかった。

霜が長い間、心に抱え込んできた深い悲しみが、葬儀という場によって、ようやく解き放たれたのだ。

今までの人生で、こんなにも誰かを祝福したいと思ったことはない。

(よかったね、霜さん……)

すすり泣きが響く会場で、一人、また一人と棺に花を手向けていった。

やがて棺は、白い花々でいっぱいになる。

「それでは、出棺です」

悲しみにひたる霜に代わって響子が言う。

棺に蓋が被せられ、集まった男手が担いでホールを出ていった。

自然と上がる拍手に、涙を拭いた霜は深くお辞儀した。

そして、葬儀屋らしい凛とした表情になって告げる。

「お集まりいただいた皆様には、お食事の用意がございます。この『とむらい町セレモニー会館』は、近々リニューアルを予定しておりまして、ご葬儀だけでなく結婚式や年祝いの集まりも行える総合会館に生まれ変わります。本日のお食事は、そこで提供されるフルコースです。ごゆっくりご賞味ください」

参列者は、楽しげに食事会場へと移っていく。

正貴だけが列を離れて、玄関に向かった。

「正貴さん」

霜が呼び止めると、正貴はおもむろに振り返った。

「まだ、何か用が？」

「ご結婚おめでとうございます。お幸せに」

霜が礼をしたので、後を付いていった糸花も同じように頭を下げる。

「……君達も、幸せになりなさい」

そう言って、正貴は会館を出て行った。

自動ドアが閉まると、霜は上体を起こす。

「あの人も苦しんでいたんだな……」

　正貴は、後悔をひた隠して生きてきた。新しい恋を見つけても、心の中に残っていた悲しみに、後ろ髪引かれる思いだっただろう。

「それを知らずに、俺は最低な物言いをした」

「許してくれるよ。霜さんも自分の幸せを見つけよう。生きていれば、何だって楽しめるんだから。人手が必要だったら言って。響子さんも平太さんも私もそばにいるからね！」

「……出ていかないのか？」

　怖々と尋ねられたので、糸花は、ふふっと笑ってしまった。

「行かない。私、早月葬儀社で、フューネラルデザイナーを続けるって決めたの。霜さんの下で、どんな悲しいご葬儀でも、どんな難しい衣装でも、逃げ出さないで全力を尽くす。女に二言はないから、覚悟してよね！」

　胸を反らせて言い切ると、霜は、ふいっと顔を背けて歩き出した。

「行くぞ。料理を食べ損ねる」

「えっ。ちょっと待って、私も食べる！」

　手応えのなさに拍子抜けした糸花は、慌てて霜を追いかけた。

　早足の彼と並んで、横顔を見上げて、わ、と感動する。

（笑ってる！）

態度は素直じゃないけれど、霜の口元は、幸せそうに弧を描いていた。


季節は流れて、十一月某日。

弔井町には、冷たい雪がパラパラと降っていた。

「はぁー。やるせない。春佳の親友として、あの男、殴ってやればよかったぁー」

休憩中の響子が愚痴るのを、糸花は事務所のソファで聞いていた。

「殴ってはダメです。逮捕されたらどうするんですか！」

「そうなんだけど。やっぱり、女としては思うところあるわけよ。死が二人を分かつまでとは言うけれど、片方がいなくなっても愛し続けてほしいのが本心じゃないのー！」

「ただいま戻りました」

会館から戻ってきた霜は、憤慨《ふんがい》する響子を不思議そうに見つめた。

「何かありましたか？」

「なんでもなーい。霜ちゃんがあんな男にならなくて良かったわよ、まったく！」

こわれせんべいをガシガシと嚙みしだく響子に、霜は首を傾《かし》げた。

春佳の葬儀をあげてから悪夢は見ていないらしく、顔色がいい。

「それでは、戸締まりをお願いします。糸花は支度を手伝ってくれ」

「分かった」

二人で二階に戻り、霜の自室に作られた後飾りの祭壇に向かう。

今日は、春佳のお骨を墓に納める日だ。

「祭壇にあげていた果物や団子などは全て風呂敷に包む。本来は墓場まで手分けして持っていくものだが、人が少ないからな」

「お骨は霜さんが持ってあげてね」

階下に下りると、平太と雅の姿もあった。霜は肩をすくめてみせる。

「なんだ、二人とも来たのか」

「手伝いに行けって、ばあちゃんがうるさくて」

「僕は、霜君の泣き顔を拝めるんちゃうかな、って好奇心で来たんや。お兄さんの胸を貸してあげるから、好きなだけ泣いてええよ」

薄っぺらい胸を張る雅を、霜は軽くあしらった。

「雅の胸を借りるくらいなら、豆腐に顔を突っ込んで泣いた方がマシだ。来たからには荷物持ちをしてもらうぞ。糸花」

「皆さん、手伝ってくださいね」

糸花は、風呂敷にまとめた荷物を小分けにして渡した。

一番大きな包みは、糸花が抱きかかえる。

五人で事務所を出て、木枯《こが》らしの吹く弔井町を、海から遠ざかるように歩いていく。

山肌にある古びた墓地に、早月家代々の墓はあった。

海風に長くさらされた石の表面は荒く削れていて、建立から長い月日をしのばせる風格だ。

雅が墓石に水をかけて清め、平太が花を供える。持ってきた装具を飾り付けて、納骨室を塞いでいる墓石をずらす。

墓の内部は、ぽっかり開いていて暗い。

こんなところに春佳を入れるのかと思って霜を見ると「大丈夫だ」と囁かれる。

「ここには父さんと母さんもいる。いずれ俺も入る。一人にはならない」

彼は優しい手つきで骨壺を墓に納めると、墓石を戻した。

響子は、ぐずぐずと鼻を鳴らしながら、蠟燭《ろうそく》に火を付ける。蠟燭の火に近づけて灯した線香を立てる霜の横で、糸花は、持ってきた包みを解いた。

中から取り出したのは、春佳のウェディングドレスだ。骨壺と一緒に、祭壇に供えていたのである。

ドレスを霜に渡すと、彼はそっと墓石に載せた。

「墓には入れられないから、ここに置いていく。骨がだんだんと土に還るように、布も風雨にさらされて形をなくす。それがこの世の理《ことわり》だ」

紫檀《したん》の香りがする煙が立ち上る中、一同は手を合わせて目を閉じる。

(春佳さん、どうぞ安らかにお眠りください)

拝みながらチラリと霜を見ると、長い睫毛《まつげ》が震えていた。

お別れの言葉は聞こえない。

けれど、霜のことだから、心の中で優しく語りかけているのだろう。

「——そろそろ、行くか」

振り返った霜の目は赤かった。

皆がそれに気づいていたけれど、何も言わずに山を下りていく。

先頭は桶《おけ》を手にした雅。次に響子と彼女に手を貸す平太。霜。その後ろに糸花の順だ。

「山道は急だ。転げ落ちるなよ、糸花」

「子どもじゃあるまいし落ちないよ。って、わっ!」

地表に浮き出た木の根につまづいた糸花を、霜が抱き止めた。

「……言ったそばから」

「山道に慣れてないんだから仕方ないでしょ。うわぁ、海が綺麗!」

前を向いた糸花は、歓声を上げた。

灰色の町の向こうに、青い湾と水平線が広がっている。

飛ぶカモメは白く、浮かぶ漁船には大漁旗がたなびく。

この美しい海が牙を剝《む》いたことを、人は忘れていくだろう。

故人が土に還るように、記憶も記録も失われていく。

けれど、人はいつまでも弔い続ける。

死を悲しむ遺族と、そんな人々の悲しみをすくい上げる、霜のような誰かがいるかぎり。

最期《さいご》のときに、その人らしい装いを。

今日も、早月葬儀社では、専属のフューネラルデザイナーが、心を込めて作った衣装で悲しみに色を添えている。

参考文献　一覧

『日本人の葬儀』新谷尚紀　角川ソフィア文庫
『今日のご遺体　女納棺師という仕事』永井結子　祥伝社黄金文庫
『葬祭業界で働く』薄井秀夫　柿ノ木坂ケイ　ぺりかん社
『葬送の仕事師たち』井上理津子　新潮社
『葬儀業界の戦後史』玉川貴子　青弓社
『総合服飾史事典』丹野郁編　雄山閣出版
『絵本　地獄』白仁成昭（著）、中村真男（著）、宮次男監修　風濤社

目次・扉デザイン――岡本歌織（next door design）

エブリスタ
国内最大級の小説投稿サイト。

小説を書きたい人と読みたい人が出会うプラットフォームとして、これまでに200万点以上の作品を配信する。

大手出版社との協業による文芸賞の開催など、ジャンルを問わず多くの新人作家の発掘・プロデュースをおこなっている。

https://estar.jp

この作品は、小説投稿サイト「エブリスタ」の投稿作品「ラストドレス　早月葬儀社被服部のシンデレラ」を改題し、大幅な加筆・修正を行ったものです。

著者紹介
来栖千依（くるす　ちい）
秋田県出身在住。えんため大賞ビーズログ部門の優秀賞を受賞して2018年デビュー。少女向けライトノベル、キャラクター文芸、ライト文芸を中心に活動する。著書に『紅茶執事のお嬢様』『花ざかり平安料理絵巻』がある。

PHP文芸文庫　天国へのドレス
早月葬儀社被服部の奇跡

2022年3月18日　第1版第1刷

著者　来栖千依
発行者　永田貴之
発行所　株式会社PHP研究所
東京本部　〒135-8137 江東区豊洲5-6-52
第三制作部　☎03-3520-9620（編集）
普及部　☎03-3520-9630（販売）
京都本部　〒601-8411 京都市南区西九条北ノ内町11
PHP INTERFACE　https://www.php.co.jp/
組版　朝日メディアインターナショナル株式会社
印刷所　株式会社光邦
製本所　株式会社大進堂

ISBN978-4-569-90196-1

第7回京都本大賞受賞の人気シリーズ

京都府警あやかし課の事件簿1〜6

天花寺さやか 著

人外を取り締まる警察組織、あやかし課。新人女性隊員・大にはある重大な秘密があって……？　不思議な縁が織りなす京都あやかしロマンシリーズ。

PHP文芸文庫

婚活食堂1〜6

山口恵以子 著

名物おでんと絶品料理が並ぶ「めぐみ食堂」には、様々な恋の悩みを抱えた客が訪れて……。心もお腹も満たされるハートフルシリーズ。

PHP文芸文庫

占い日本茶カフェ「迷い猫」

標野凪 著

全国を巡る「出張占い日本茶カフェ」。その店主のお茶を飲むと、不思議と悩み事を相談してみたくなる。心が温まる連作短編ストーリー。

PHP文芸文庫

うちの神様知りませんか？

市宮早記 著

なぜか神様が失踪してしまった神社を舞台に、その神様の行方を追いながら、妖狐×女子大生×狛犬が織りなす、感動の青春物語。

PHP文芸文庫

君と見つけたあの日のif

いぬじゅん 著

財政難の劇団を救うため、女子高生劇団員がレンタル家族のお仕事に挑む⁉ 居場所がないと悩む全ての人に贈る、感動の青春&家族小説。